共和国故事

西南动脉
——南昆铁路设计施工与全线铺通

张学亮 编写

吉林出版集团股份有限公司

图书在版编目（CIP）数据

西南动脉：南昆铁路设计施工与全线铺通/张学亮编. ——长春：吉林出版集团股份有限公司，2009.12

（共和国故事）

ISBN 978-7-5463-1919-3

Ⅰ.①西… Ⅱ.①张… Ⅲ.①纪实文学–中国–当代 Ⅳ.①I25

中国版本图书馆 CIP 数据核字（2009）第 237725 号

西南动脉——南昆铁路设计施工与全线铺通
XINAN DONGMAI　NANKUN TIELU SHEJI SHIGONG YU QUANXIAN PUTONG

编写　张学亮

责任编辑　祖航　林丽

出版发行　吉林出版集团股份有限公司

印刷　三河市嵩川印刷有限公司

版次	2010 年 1 月第 1 版	2022 年 1 月第 8 次印刷
开本	710mm×1000mm　1/16	印张　8　字数　69 千
书号	ISBN 978-7-5463-1919-3	定价　29.80 元

社址　吉林省长春市福祉大路 5788 号

电话　0431–81629968

电子邮箱　tuzi8818@126.com

版权所有　翻印必究

如有印装质量问题，请寄本社退换

前　　言

　　自 1949 年 10 月 1 日中华人民共和国成立至今,新中国已走过了 60 年的风雨历程。历史是一面镜子,我们可以从多视角、多侧面对其进行解读。然而有一点是可以肯定的,那就是,半个多世纪以来,在中国共产党的领导下,中国的政治、经济、军事、外交、文化、教育、科技、社会、民生等领域,都发生了深刻的变化,中国人民站起来了,中华民族已屹立于世界民族之林。

　　60 年是短暂的,但这 60 年带给中国的却是极不平凡的。60 年的神州大地经历了沧桑巨变。从开国大典到 60 年国庆盛典,从经济战线上的三大战役到经济总量居世界第三位,从对农业、手工业、资本主义工商业的三大改造到社会主义市场经济体制的基本确立,从宜将剩勇追穷寇到建立了强大的国防军,从废除一切不平等条约到独立自主的和平外交政策,从"双百"方针到体制改革后的文化事业欣欣向荣,从扫除文盲到实施科教兴国战略建设新型国家,从翻身解放到实现小康社会,凡此种种,中国人民在每个领域无不留下发展的足迹,写就不朽的诗篇。

　　60 年的时间在历史的长河中可谓沧海一粟。其间究竟发生了些什么,怎样发生的,过程怎样,结果如何,却非人人都清楚知道的。对此,亲身经历者或可鲜活如昨,但对后来者来说却可能只是一个概念,对某段历史的记忆影像或不存在,或是模糊的。基于此,为了让年轻人,特别是青少年永远铭记共和国这段不朽的历史,我们推出了这套《共和国故事》。

《共和国故事》虽为故事,但却与戏说无关,我们不过是想借助通俗、富于感染力的文字记录这段历史。在丛书的谋篇布局上,我们尽量选取各个时代具有代表性或深具普遍意义的若干事件加以叙述,使其能反映共和国发展的全景和脉络。为了使题目的设置不至于因大而空,我们着眼于每一重大历史事件的缘起、过程、结局、时间、地点、人物等,抓住点滴和些许小事,力求通透。

历史是复杂的,事态的发展因素也是多方面的。由于叙述者的视角、文化构成不同,对事件的认知或有不足,但这不会影响我们对整个历史事件的判断和思考,至于它能否清晰地表达出我们编辑这套书的本意,那只能交给读者去评判了。

这套丛书可谓是一部书写红色记忆的读物,它对于了解共和国的历史、中国共产党的英明领导和中国人民的伟大实践都是不可或缺的。同时,这套丛书又是一套普及性读物,既针对重点阅读人群,也适宜在全民中推广。相信它必将在我国开展的全民阅读活动中发挥大的作用,成为装备中小学图书馆、农家书屋、社区书屋、机关及企事业单位职工图书室、连队图书室等的重点选择对象。

编　者
2010年1月

目录

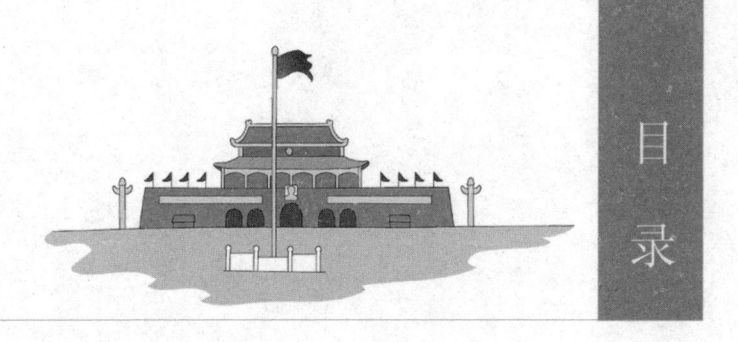

一、决策规划

中央决定修建南昆铁路/002

中央要求动员各方面力量/005

中央决定建设西南通道/009

南昆铁路列入大通道规划/012

二、勘测设计

使用新技术建设南昆铁路/016

更新南昆铁路设计思路/022

应用勘测设计科学新技术/026

三、施工建设

南昆铁路各段先后开工修建/032

打通南昆铁路二排坡隧道/036

建设南昆铁路威黄段工程/044

凿通南昆铁路米花岭隧道/049

打通南昆铁路家竹箐隧道/057

打通南昆铁路天生桥隧道/067

奋战在白石山的隧道里/077

指挥南昆铁路铺架工作/081

目录

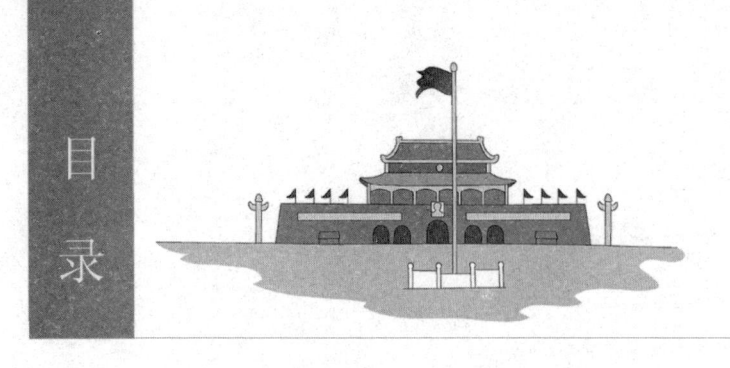

英勇献身高瓦斯隧道/087
攻克隧道大溶洞难关/096
国家领导人视察南昆铁路/103

四、开通运营

南昆铁路举行通车庆典/108
南昆线带动西南经济大发展/111
南昆线采取扩能增效措施/117

一、决策规划

- 我国社会主义建设事业突飞猛进,蓬勃发展,使运输能力滞后的问题日益突出。全国路网稀疏的局面仍未根本改观,制约着国民经济的发展。

- 邹家华宣布:"国务院考虑把滇、黔、桂、琼四省及川南、粤西作为一个经济区,来统筹规划,加快发展……背靠大西南,面向东南亚,形成新的经济优势。"

中央决定修建南昆铁路

1991年11月28日,有关部门在北京召开第一次会议。在这次会上,成立了南昆铁路建设领导小组。

国家计委副主任叶青和铁道部部长李森茂出任正、副组长。领导小组成员有云南省省长和志强、贵州省省长陈士能,以及广西壮族自治区主要领导。会议决定:

> 领导小组的日常办事机构由铁道部南昆建设指挥部担任,负责领导小组决定的贯彻、检查、落实,定期汇报。
>
> 发挥第一线领导作用,实施现场统一组织指挥,及时协调处理建设中的相关问题。
>
> 西段工程于年底开工,此段重点控制工程于1992年三季度开工。

南昆铁路的建设就要拉开序幕了。

新中国成立后,历经40多年的不懈努力,大西南的铁路建设取得了世人有目共睹的辉煌成就。

改革开放以来,我国社会主义建设事业突飞猛进,蓬勃发展,使运输能力滞后的问题日益突出。全国路网稀疏的局面仍未根本改观,制约着国民经济的发展。

同样，大西南交通的发展也满足不了经济发展的迫切需要。这是造成大西南自然资源得天独厚而经济发展却举步维艰的一个重要原因。

大西南物资出海要靠远在数千公里之外的连云港、上海、广州等港口，而与这些港口毗邻的华东、华南地区又正是我国经济高速发展的地区，对运力的要求日益强烈，使本已不堪重负的铁路运输雪上加霜，留给大西南的运力份额越来越少。

同样原因，港口吨位装卸能力留给大西南的份额也日见减少。

随着宝成、湘黔、川黔、贵昆、成昆、襄渝等干线的先后建成，西南铁路网终于形成规模，大西南交通状况大为改善，但是，根本问题还没有解决。

大西南运输能力之低下、铁路建设之艰难，连孙中山都指出：

> 今日之世界，非铁道无以立国。中国地大物博，如内蒙古、西藏、青海等地，皆物产殷富之区，徒以交通不便，运转不灵，事业难以振兴，蕴华无从宣泄。

孙中山曾经接受袁世凯委托的"筹办全国铁路全权"，担任全国铁路督办。他拟订了修建3条铁路计划：1. 由广州经广西、云南连接缅甸的铁路；2. 由广州经湖南、四川以达西藏的铁路；3. 由长江口经江苏、安徽、河南、陕西、甘肃、新疆以达伊犁的铁路。

孙中山还曾提出在西南地区建路 7 条的伟大构想：1. 广州重庆线，经由湖南；2. 广州重庆线，经由湖南、贵州；3. 广州成都线，经由桂林、泸州；4. 广州成都线，经由梧州、叙府；5. 广州云南大理腾越线，至缅甸边界止；6. 广州思茅线；7. 广州钦州线，至安南界东兴为止。

然而，在那个年代，孙中山的计划也只能是个愿望而已。

由于我国铁路网线布局不尽合理，在全国铁路网上形成许多客货流拥挤的限制口，成为铁路运输的"瓶颈"，大西南地区物资运输受到这些"瓶颈"的极大制约。

由于运力不足，以致出现"以运定产"的奇怪现象。贵州的煤甚至要先用汽车运到广西的南丹后才能装上火车，从而导致运费猛增。

严峻的现实与经济发展的迫切需要，使中央越来越意识到，大西南面对着一个迫在眉睫的问题：

> 大西南要迅速赶上沿海地区，实现跨越发展，就要将资源优势转化为商品优势，使开门见山变为面向大海。这就需要一条通向大海的通道，让南海之风吹上云贵高原。

严峻的现实，迫切地呼唤着西南地区的出海通道。

中央要求动员各方面力量

1991年11月28日的中央有关部门会议，经过大家讨论研究，提出要求：

在建设中要动员各方面力量，组织科研技术攻关，突破工程难点。

要珍惜和节约建设用地，在有条件的地方，要搞好土地还田。

要精打细算，勤俭建路，努力降低工程造价。

其实，早在1982年5月，黔西南布依族苗族自治州建州以来，在国民经济保持了持续、快速、健康的发展。与建州前的1981年相比，全州国民生产总值和经济发展呈现超常规发展势头。

在跨世纪的经济发展中，黔西南将成为贵州和大西南经济增长迅速和扩大对外开放最为显著的地区之一。

中央尤其关注的是，区域集团化、一体化是当时世界经济发展的一个趋势。实践表明，"区域经济增长三角"已成为推动世界经济高速增长的一种新型模式。

进入20世纪90年代以来，中国西南与东南亚的睦邻友好、经济合作关系步入了新的发展阶段，西南各省、区、市按照《西南与华南部分省、区区域规划纲要》加强联合协作，以联合促开发，共同走向东南亚。

中国西南和东南亚人民之间，有着悠久的民族文化和经济联系。根据历史文献记载，闻名遐迩的"西南丝绸之路"开创于先秦，兴盛于汉唐，转机于宋元，衰落于明清，成为沟通中国西南和中南半岛的越南、老挝、柬埔寨、泰国、缅甸以及印度尼西亚等地的通道。

自古以来，南北盘江、红水河贯通珠江水系，成为得天独厚的天然内河航道。古人早就以舟航运，沟通了黔西南与广西、广东沿海一带的商贸，打开了黔西南通往南海的水上门户。

不言而喻，修建一条西南大通道，不仅会焕发出"南方丝绸之路"的青春，而且在中国西南和东南亚之间也架起了一座运输桥梁。

铁路修建之后，大西南外运物资走南昆铁路转运东南亚、非洲、欧洲各大港口，比走东南沿海港口可以减少陆路运程380公里到680公里，可以缩短海运距离23%至65%。

南昆铁路修建后，就能打破行政区域界限，按照自然地域、经济的内在联系、商品流向、民族文化传统以及社会发展需要建设区域经济，实现横向联合，以联合的实力走向全国，走向世界。

党的十四大确定了区域经济发展的思想。"纲要"更突出强调了区域经济在逐步缩小地区发展差距、保持社会稳定方面的重要作用。

"纲要"再次强调了西南及华南部分省、区、经济区要发挥沿海、沿江、沿边和农林水、矿产、旅游资源丰富的优势,以对外通道建设、水电和矿产资源开发为基础,依托国防工业和技术力量,形成全国重要的能源基地,有色金属和磷硫生产基地,热带、亚热带农作基地,旅游基地。

"要致富,先修路""要开放,先修港"。没有交通,产品都在本地区不流动,商品经济就无从谈起。建立社会主义市场经济,就必须研究交通的发展。而铁路交通至今仍是我国交通运输的主力军,必须首先加以考虑。

鉴于这些考虑,国家决定修建南昆铁路,贯穿整个西南经济区,成为联系5个省区的纽带。

邹家华副总理在"西南与华南部分省、区区域规划会议"上宣布:

> 国务院考虑把滇、黔、桂、琼四省及川南、粤西作为一个经济区,来统筹规划,加快发展;把地域辽阔,资源丰富,但无出海口岸的云、贵、川与沿海连接起来;把有上千千米海岸线和良好出海通道的两广、海南与大西南连成一体;背靠大西南,面向东南亚,形成新的经济优势。

南昆铁路可以将滇黔丰富的水利和矿产资源输送到五岭以南缺乏资源的广西、海南和粤西地区，又可将华南地区的物资、资金、技术顺畅地输送到滇黔，支援那里的经济建设，使滇黔丰富的自然资源与华南雄厚的生产基础和先进的技术以及人才资金相结合，形成经济区的优势互补。

南昆铁路将作为西南地区通往华南沿海最便捷的交通大动脉，一个以加强西南和华南地区的联合与协作，促进区域经济合理布局，扩大对外贸易与开放的新框架，正在逐步形成。

与此同时，充分发挥南昆铁路的经济效益，带动沿线民族地区经济发展，建设南昆铁路经济走廊的新构想也初见端倪，将最终实现把发展"大通道"变成"大经济"建设。

在北京会议之前的3月份，铁道部在成都第三次就南昆铁路全线补充初步设计，南宁、昆明两枢纽的实施设计方案，全线电气化方案进行鉴定。铁道部和云南、广西、贵州三省、区会商，并形成了"纪要"。

稍后，铁道部在昆明成立南昆铁路建设指挥部，统筹管理南昆铁路建设。指挥部指挥长由经验丰富、德高望重的成都铁路局党委书记刘德枢担任。

在北京会议之后的12月份，南昆铁路东、西段先后开工。

中央决定建设西南通道

1992年,中央作出"充分发挥广西作为西南地区出海通道作用"的决策。

广西面向大海走向世界的期待,第一次与党和国家重大决策融为一体。一时间大通道建设在广西顿成热潮。

广西底子很薄,早在1958年1月,中共中央在南宁召开工作会议时,毛泽东指着远处的两根烟囱问当时的省长韦国清:"那是什么地方?"

韦国清回答:"一个砖厂。"

毛泽东微微一笑:"我终于看到了一丝广西工业的气息。"

20世纪80年代,北海市成为全国沿海开放城市时,广西人开始把眼光放远:面向东南亚,背靠大西南。

西南三省是中国少数民族最多的地区,此地有汉、壮、苗、布依、彝、白、瑶等30多个民族,在西南地区组成一个多民族聚居的家园。

同时,大西南地区也是一座得天独厚的宝藏。

有专家说:"云南昆阳、澄江的磷矿远景储量达200亿吨,居全国首位;个旧锡矿世界驰名;东川、永胜、易门的铜色泽如银,有'云铜'之称;会泽、金顶的铅锌,大理的大理石都驰名全国。"

另外,广西平果县地区已探明的铝矿储量达2.2亿吨；桂平、来宾、钦州地区的锰矿储量居全国第一。

广西的橡胶、咖啡、胡椒、剑麻、香芋、八角、桂皮、茴油是著名特产，多种水果，如沙田柚、桂圆为果中名品；柳杉、银杉、锦屏杉木全国著名。

云南玉溪、曲靖、昭通地区的烟草有"云烟"之称；滇红、滇绿和沱茶在国内外市场享有盛誉。

但是，虽然大西南得天独厚，它的经济发展却相对滞后，有不少地方一直在贫困之中徘徊。

在黔西盘县，许许多多小煤窑漫山遍野，这些小煤窑往往是扒开山体表土，然后掏个小洞就往里挖，既无支护，又无机械，挖进10多米便废弃，另找地方再挖。放眼望去，青山疮痍满目，绿水面目全非。

在由红果至兴义市途中，在盘县威箐镇，有时道路会被足足堵塞近一个小时。而汽车前后，近百辆手扶拖拉机满载乌黑发亮的煤，从泥泞不堪而又狭窄的道路上源源不断地开过。

在由盘县威箐镇至红果镇的道路两旁，简陋的土法炼焦炉火焰熊熊，空中大量煤气弥漫，煤焦油遍地漫流，宝贵的能源被白白耗费在地上和空中，给环境造成破坏性的立体污染。

山区少数民族还在刀耕火种，山民们放火烧山，在过火的山地上撒上苞谷种子，一直到秋天收获，便不再管理。由于跑水、跑土、跑肥，产量极低。这种落后的耕作方式，使山区植被大量被破坏！

这些掠夺性的开采和生产对宝贵的资源产生了严重的破坏，并使水土流失日益严重，导致生态失衡。这不仅使当地经济发展受到严重影响，也危及江河下游的安全，使喀斯特地貌形成的脆弱的生态环境雪上加霜。

有专家告诫："我国西南地区正面临着石漠化的巨大威胁。"20世纪70年代，仅贵州平均每年石漠化面积就有约933平方公里。80年代以后，石漠化程度更趋加快。石漠化使生态环境进一步恶化，人类失去了生存空间，导致贫困问题日益严重，增大了脱贫难度。

据统计，全国97个特困县的一半集中分布在这一地区。由于缺水，耕种土地完全靠在石缝中点种苞谷等抗旱作物，农民维持不了基本口粮，要靠政府救济。

随着西南地区出海通道决策的出台和实施，广西面向大海，走向世界即将变成现实。

南昆铁路列入大通道规划

1992年3月18日,全国政协七届五次会议在北京开幕。

在这次会上,西南三省百名政协委员联名提出《西南铁路应掀起第二个高潮》的提案,以促进这一过程的顺利进行。

南昆铁路东、西段在1991年12月先后开工后,曾经有人担心它会成为省内铁路,因而施工各方面受到了不利影响。

委员们在提案中疾呼:

当前,制约西南经济发展的关键是交通,交通的关键是铁路……"经济要发展,铁路必先行"。如果今后西南铁路不能出现第二个高潮,那么2000年的西南经济就不堪设想,对我国经济全局的影响也不容忽视。

在"百人提案"中,南昆铁路的呼声最高。

同年,国务院在京西宾馆召开全国铁路领导干部会议,提出了"铁路大会战"的响亮口号。

朱镕基副总理代表国务院提出:

奋战3年，基本扭转全国铁路运输紧张被动的局面。

这次会议决定：

强攻"京九""兰新"，速战"侯月""宝中"，再取华中、西南，完善配套"大秦"。

于是，在共和国六大铁路通道中，"南昆"被列入规划之中。

1993年4月18日，南昆铁路建设领导小组在贵州省盘江矿务局召开了第二次会议。

铁道部南昆建设指挥部就南昆铁路建设工作和贵州段准备情况，以及南昆铁路施工组织设计编制情况作了汇报。

会议就有关问题进行商讨。会议要求：

要紧紧把握当前有利时机，加快工程进展，迅速形成全线会战态势，确保1994年进入全线施工高峰，把全线建设推向攻坚阶段。

会议通过了全线指导性施工组织设计，确定了南昆铁路于1997年建成，要求加快施工进度，并且争取能够提前完成。

会议同时确定了组织实施的原则：

统筹安排，突出重点，三头并进，全面展开。分段铺轨，分段开通，加快建设，确保工期。

会议要求按照这个原则，完善、修订好全线指导性施工组织设计。

二、勘测设计

- 沈之介说:"20世纪90年代综合技术水平,则将集中表现在南昆铁路设计和施工的技术上。"

- 早在1980年上南昆线时,汪识义就给老伴和儿女留下了"遗言":如果我在南昆线不幸殉职,就把我的骨灰撒在南昆线最困难的地段。

- 领导小组要求在设计中体现的目标是:设计手段微机化、结构设计新颖化、施工技术配套化、材料设备国产化、车站作业现代化、运输管理自动化。

使用新技术建设南昆铁路

1992年1月，全国铁路科技大会召开，大会提出了重点抓好技术进步的"十二条龙"，即《"八五"铁路技术进步计划》。其中的第七条"龙"，就是"铁路建设新技术在以南昆为重点的新线建设中的配套应用"。

铁道部总工程师沈之介说：

20世纪50年代，我国铁路的设计和筑路水平集中体现在宝成铁路的建设上；20世纪60年代，表现在成昆铁路上；20世纪80年代建成了第一条开行重载列车的大秦铁路；而20世纪90年代综合技术水平，则将集中表现在南昆铁路设计和施工的技术上。

南昆铁路工程极为艰巨，要结合新技术、新结构、新工艺、新设备、新材料的科研去设计和施工。将有一些工程项目是我国铁路建设史上的首创。

从20世纪50年代开始，南昆铁路勘测的设计就已经开始了。当时，铁道部第二勘测设计院的工程技术人员担负勘测设计任务。他们在荒无人迹的崇山峻岭中留下了自己艰苦攀登的足迹。

这次全国铁路科技大会确定实施新技术，就是在他们的勘测基础上进行的。工程技术人员的早期勘测设计，实在是功不可没。铁道部第二勘测设计院选线高级工程师汪识义，是当时南昆铁路总体设计的"老总"，为南昆铁路勘测设计作出了贡献。

汪识义于1959年编制出南宁至百色段的初步设计。

由于当时我国经济正处于困难时期，财力上难以为继，不得不于同年7月停工下马。这一停就是30年！但南昆铁路的勘测设计工作却一直断断续续地进行着。

随着勘测设计工作的逐步深入，铁二院于1981年至1983年，集中力量进行初测和初步设计，1987年3月完成方案补充报告，接着对南昆线的初步设计进行了复查。1988年5月，在广西南宁首次对本线的初步设计组织鉴定并批复了审查意见。

为了配合广西平果铝厂的建设，1988年3月至1989年2月，开展了南宁至那厘段的定测和技术设计。最后从中选择确定了一条经济合理的路线。

在南昆铁路的勘测设计中，汪识义走过了一段漫长而艰辛的路程。

汪识义与铁二院数以千计的勘测设计人员一道，把自己的生死荣辱置之度外，将最富创造力的这段年华留在了南宁至昆明长近1000公里、宽近300公里的国土上，最终向祖国和人民交出了一个具有20世纪90年代先进技术水平的山区铁路干线设计方案。

他们翻山越岭,攀登跋涉7000公里,反复勘测对比了8个方案,总长度达1.09万公里,完成初步设计3086公里,分别为最后定测线路方案正线长度的3.4倍和3.8倍。正是由于他们的努力,这一设计方案的实施为国家节省工程总投资款6亿多元。

全长899公里的南昆铁路,从海拔78米的南宁盆地"爬"向海拔2000多米的云贵高原,沿线仅崩塌、滑坡、泥石流和瓦斯等不良地质地段以及7至9度的高烈度地震区就达600多公里,其建设难度远远超过被外国人誉为"人类征服自然三大代表作之一"的成昆铁路。

要突破千难万险,首先要有精心的勘测和优秀的设计。汪识义作为总体设计负责人,其任务就是要带领全体设计人员在这些众多的方案和已基本确定的线路走向中,精选出一条最好、最可行的线路。

为此,汪识义在南昆铁路的课程设计中,基本上是在荒山野岭和工地上度过的。为了设计广西境内的米花岭隧道,他和线路总体设计组成员一起,在人烟稀少的深山老林过了6个月"野人"般的生活。

为了具体设计好桥高183米、属"世界之最"的清水河大桥,他和桥梁总体组的成员,在陡峭的河谷两岸爬上爬下100多天。在贵州境内的南昆北段,为了完善穿越瓦斯地层的家竹箐隧道的设计,他和隧道总体设计组的成员一道,在山上山下勘察了50多天。

汪识义当时已是快 60 岁的人了。长期在野外工作，工作一是危险，二是辛苦。

有一次，汪识义到云南境内的石林车站附近调查溶洞，在洞中因火把熄灭，一脚踏空，掉进一个近 3 米深的洞里，惊得随行人员大声呼喊，都以为他牺牲了。

还有一次，汪识义在清水河大桥工地的山崖上勘测地形，山上的一块石头突然滚落下来，从他背部擦过，"刷"地撕下一大块棉袄，吓得大家都冒出了一身冷汗。

有人问汪识义："天天在穷山沟里转不觉得苦吗？"汪识义说："当然苦！但我们把这里的苦早吃光了，将来这里就不再苦了！"

有人说汪识义这么干是"不要命"。

早在 1980 年上南昆线时，汪识义就给老伴和儿女留下了"遗言"：

> 如果我在南昆线不幸殉职，就把我的骨灰撒在南昆线最困难的地段！

铁路勘测设计人员被人称为"用脚丈量地球的人"，人人都练就了一双铁脚板，披星戴月，翻山越岭，身负重载，履险如夷。

在荒山野岭、密林深山中，瘴气弥漫，蚊虫成阵，还时常受到野兽和毒蛇的袭击与困扰，严酷的环境使他们练就了极强的野外生存能力和擒蛇绝技。

野外生活，风餐露宿，又常遇雨雪风暴，难得洗澡理发，时间一长，胡子拉碴，浑身泥垢，形同野人。

南昆线上溶洞密布，成为一个个深不可测的陷阱，必须探测清楚这些陷阱，才能确保线路安全。

勘测人员用吊篮将人系入洞中。洞中人手持电筒，在无边的黑暗中摸索前行，一进去就是一天，出来时已变成了一个"泥人"。

野外工作固然艰辛，室内工作也同样紧张。南昆铁路正式上马后，图纸设计量浩大而又时间紧迫，因工作场地狭小，许多人挤在一间屋里，一年四季常常是灯火通明。

勘路选线，对于一条铁路的建设太重要了！线路选得好，可以最大限度地发挥投资效益，造福沿线人民；线路选不好，不仅对施工会造成"少慢差费"，而且还会给铁路的正常运营和沿线的经济发展，留下无穷无尽的后患。

南昆铁路的设计方案都体现了"多快好省"。

云南石林是我国著名的世界级风景区。南昆线原设计方案按传统的倚山沿河选线模式，从距石林北部约20公里的河谷穿过。

为有利于当地旅游资源开发，方便中外游客，汪识义提出将线路改为从新、老石林风景区中间穿过。

汪识义提出的这个方案被铁道部采纳了，不仅满足了地方、群众的意愿，而且为国家节省工程投资款2.5

亿元。

云南省人民政府为此专门致电感谢：

你们办了我们想办而办不了的事，云南人民不会忘记你们！

鲁迅先生说："其实地上本没有路，走的人多了，也便成了路。"南昆铁路是由数万名建设者流血流汗"走"出来的。但迈第一步、走第一趟的，是以汪识义为代表的勘测设计人员。

南昆铁路的地形地质条件决定了工程的艰巨性和采用新技术的必然性。

1992 年全国铁路科技大会召开后不久，11 月 27 日，铁道部成立了以孙永福副部长为组长的南昆线科技进步领导小组，重新规划了南昆铁路的设计思路。

更新南昆铁路设计思路

1994年5月23日至25日,南昆铁路科技工作会议在昆明召开,就"科技兴路"问题进行部署和研讨。

这次会议围绕"南昆线科技进步计划草案"进行了充分讨论,初步确定了在南昆实施36个科技攻关项目和21个新技术推广项目。

会议上,路内的桥梁、隧道、地路等7个信息中心报告了各专业技术的世界发展水平和最新成果,并对南昆铁路的测绘技术、地质勘探技术、设计技术、施工技术水平给予评价。

参与科研和施工的与会者,按照项目或课题建立了协作关系,并一致表示要密切配合,通力协作,在南昆线创造我国20世纪90年代的筑路水平。

孙永福在讲话中强调:

发展新技术必须依托铁路工程,而南昆铁路的建设也必须依靠科技进步。只有加大科技进步力度,才能完成南昆铁路建设任务,创造新的业绩。

负责全线设计的铁道部第二勘测设计院在设计中贯

彻了"科技兴路"的原则和"我国铁路多学科的20世纪90年代综合技术水平，将集中表现在南昆铁路的设计和施工技术上"的设计思想。

在选线设计上，铁二院工程技术人员为了达到条件好、标准高、工程小、投资省的目的，因地制宜地开展了大面积选线。

在广西盆地，他们选择了线路短、工程小、有利于地方经济发展的沿右江河谷线。

在贵州段，大家经南线、中线和顶效等3个方案的比选，优选出顶效方案。

在滇东高原，经过比较、分析和反复研究，选择了罗平、陆良的高原线。

为克服巨大高差，大家在设计中决定采用高桥、长隧，达到了缩短线路、提高标准的目的。

他们比较了经旧州的央牙隧道方案和经小平塘的米花岭隧道方案，然后，他们对每一方案又作了好几种长度隧道的比选，最后确定了米花岭隧道方案，将全线单机牵引地段自百色向西推移近500公里至陆良，从而大大改善了运营条件。

清水河高差逾300米，补充选择了两组共9个桥渡线路方案，又作了另两个桥渡方案的比选，推荐采用了钢筋混凝土连续钢构悬灌梁桥渡方案，缩短两端展线达30公里以上，保证了全段均衡坡的选用，技术经济效果显著。

铁二院为达到保畅通的目的，突出了地质选线。对崩塌滑坡、软泥石流、瓦斯煤洞、断层构造等不良地质体，选线中尽量绕开或选择最容易突破的地段。

对岩溶、地下水，大家力图选定好的线位，以避免遭遇这些不良地质带。

云贵高原区，谷深坡陡，沿江地质灾害连绵，选线中放弃了一些沿河线，在高原面上做文章，如顶效方案。

接轨方案选择也是贯彻设计思想的重要方面。

大家在东端接轨选择了引线条件好、有利枢纽疏解的江西村站而引入南宁枢纽；西端统筹考虑昆明枢纽南环线而接轨于昆明南站；北端直接引入红果区段站，工程量小且运营条件好。

在威舍附近接轨方案中，则比原兴义接轨方案缩短线路5公里，节省投资额约两亿元。

为实现保畅通、大能力的设计思想，工程技术人员在经济可行的前提下，适当选择较高的线路标准。

南昆线为一级单线铁路，为减少土建工程，改善运营条件，全线按近期一次性电气化牵引设计：机车类型选用"韶山3"型，全线还预留了远期改用"韶山4"型机车牵引。

根据铁路所经地区地势西高东低和上行运量远大于下行运量的特点，全线除南宁至百色段上下行限均采用千分之六外，其余区段采用上行千分之六和下行千分之十三的限坡方案，做到了运量与运能、工程与地形的合理匹配，改善了运营条件。

根据地形和扩能需要，最小曲线半径除南宁至百色段选用的 600 米外，其余为 400 米。全线到发线有效长度选择为 850 米，预留 1050 米条件。

闭塞类型为继电半自动，机车交路设计要求为全线同时实现长交路、轮乘制、集中修，取消百色电力机务段，以节省投资。

大家知道，预留远期扩能措施是实现大能力运输的重要途径。设计人员经过对远期行车速度、列车密度、牵引重量的综合分析，比选了双线插入、预留复线、组合列车、调站、增站等 8 个扩能方案，推荐扩能措施，如适当增加远期行车密度、大力提高列车牵引重量等。

应用勘测设计科学新技术

1995年4月25日，南昆线科技进步领导小组又进行调整充实，以加强对南昆线重点项目科技攻关的领导。

在南昆线"科技一条龙"的勘测设计环节中，他们着意采用和发展新技术、新结构、新设备、新材料和新工艺。

在勘测技术方面，技术人员综合采用各种新技术以提高勘探成果的可靠性和工作效率。

在野外作业测绘中，广泛采用区域网布设外控点技术，大部分地段采用航测制图，从而克服了山区测绘的困难，减轻了外业工作量。这样一来，成图面积较大，质量高，为大面积选线和设计提供了科学而准确的依据。

全线定测及技术设计后，改线率一般在5%以内，初步设计、技术设计、施工图设计的工程数量变化几乎持平或略有减少，较好地控制了设计概算。

在航测制图中，技术人员普遍采用电算加密技术，绘制千分之一至万分之一地形图，解决了大方案补充制的枢纽大比例尺制图问题。

当时，为顶效方案绘制了长近200公里、宽2至3公里的二千分之一的地形图，为南宁、昆明枢纽解决了千分之一的制图问题。

由于充分利用既有航片，加快了测绘设计进度。而且，地面摄影技术在谷深坡陡的重大桥渡工点得到应用。

在设计清水河大桥的时候，大家利用地面摄影绘制了五百分之一的工点地形图，解决了实测的困难，达到了很高的精度要求。

技术人员在平面、高程测量中，还引进了高精度光电、全仪器设备，加快了进度，提高了精度。

更重要的是，遥感技术在南昆线得到了应用。通过遥感、航片的判断解释，为全面挖掘区域地质构造、了解地质灾害分布与规模提供了资料，对野外地质调绘和砂、石料资源调查指出了方向。

铁二院在勘探方面，着力推进了综合勘探技术，应用钻探、物探、原位测试、土工试验进行相互印证和补充，提高了勘探资料的准确性。

在岩溶勘察中，他们采用了高密度电阻率法、剖面法、四极对称电测探法、大地电磁频测深法、地震浅层反射波法、工程地质雷达法等进行综合物探，对岩溶地区选线和隐伏岩溶处理起到了良好作用。

在进行配合膨胀岩土和软土、泥炭土等特殊土的现场试验中，设计人员采用了碳–14、古地磁、孢粉分析等测年方法，查明了时代与成因，采用触探、十字板、大剪、荷载试验等勘察手段，查清了工程地质条件，为选线和工点处理提供了科学依据。

设计特别注意采用了多学科的新技术，开展了一批新技术的应用推广项目工作，尤其是承担了20多个结合南昆线的工程科研试验课题,有的已初见成效,为使南昆线体现90年代综合技术水平奠定了坚实的基础。

领导小组要求在设计中体现的目标是:设计手段微机化、结构设计新颖化、施工技术配套化、材料设备国产化、车站作业现代化、运输管理自动化。

在设计手段方面,大力开展了CAD计算机辅助设计,力争在设计内容和设计方法上有所突破,并渗透到各专业设计和设计阶段中去,CAD出图比例逐年提高。

在选线设计中,高原面上的顶效方案、陆良至宜良段方案,都比河谷线减少了桥梁隧道工程20公里以上。

领导小组指示:

> 在路基设计中,要特别提出以防灾保畅通为主要目标,努力推广和发展一系列岩土工程新技术。

设计人员据此推广应用了锚固桩、预应力锚索、灌浆锚杆等边坡加固技术,袋装砂井、塑料排水板、土工布等软基处理技术,以及岩溶地面塌陷防治技术,并对膨胀岩土、泥炭土和新型支挡开展了路基工程试验。

技术人员在膨胀泥岩、膨胀性红土和工程地质特性及其影响因素的基础上,成功地进行了路基填筑、石灰土夹层或土工栅加固路堤边坡的试验,对土钉墙、挡土墙、抗滑桩、锚杆框架护坡、混凝土喷锚护坡的适用条件，得出了一些结论，并已在那百段膨胀岩设计中参用。具体施工时，他们在七甸泥炭土地基处理中，首次应用粉体喷搅桩和振动沉管碎石桩并获得成功。

在田林、岩龙、八渡站，技术人员分别安排了新型加筋土挡土墙、高托盘路肩挡土墙、锚拉式桩板墙等新结构的工程试验。

这些试验的成功，使南昆线特殊岩土处理和新型支挡迈上了20世纪90年代新水平。

在桥梁设计中，他们设计的高墩、大跨具有国内领先水平。全线共有重点桥梁30座，多线桥25座，一般设计为钢筋混凝土永久性桥梁。

设计中除大量采用钻挖孔桩、柔性墩、空心墩等成熟技术外，还推广应用移动支架造桥，把预应力混凝土简支梁的使用跨度由48米提高到56米。

设计人员针对泥石流河道淤涨的危害，对威红段段家河流域的灾害环境进行了系统分析，应用多时相航片判释、放射性同位素测定、沉淀相分析等综合配套技术阐明了流域石流、河道淤涨的规律，进而拟报了确保线路安全的流域减灾试验工程规划，研制了泥石流地区铁路选线辅助决策系统，为运营防灾提供了依据。

在南昆线上，工程设计中对隧道设计的重点是施工和运营防灾技术的应用和研究。

他们针对高烈度地震、煤层瓦斯、断层破碎带、岩溶及地下水等地质问题，除采用光面爆破、喷锚临时支护、管棚超前支护、水平钻探超前探测、预注浆堵水、复合衬砌、橡胶止水带、BW止水条等新工艺、新材料外，还进行了隧道掌子面前方不良地质预报、提高探测地下水洞穴的应用效果的研究。

工程建设领导小组强调：在站场及运营设备方面，要以现代化、自动化、国产化为主要目标，大力推广行之有效的驼峰自动调速设备、红外轴温监测系统、站间计轴装置、微机连锁、微机组匣电气集中、电照节能型灯具、新型高效节能混光灯具等新技术、新设备。

在通信信号自动化方面，广泛应用和发展了小综合光缆通信技术，实现了材料国产化和数字程控技术，取得了初步成果并开始推广应用。

在软件上，南昆线试验推广了区段光纤数字分插技术，同时还开展了区段信号设备监测系统及道岔减磨装置的试验研究。在电气化自动控制设计中，开展了枢纽站隔离开关微机集中监控装置的研制，以实现枢纽站的集中操作与集中监控。

在房屋设计方面，除充分体现山区少数民族的风格外，开展了高烈度地震区劲性钢筋混凝土结构房屋的试验研究，拓展高新抗震结构的应用领域。

在环境保护设计中，选择昆明东站进行铁路降噪工程的观测试验，应用了围墙式的隔音建筑。

勘测设计中多学科新技术的综合应用和发展，促进了全路的科技进步，同时也造就了一大批科技人才。

三、施工建设

- 王大贤手拍桌子吼道:"我们站着不比别人矮,躺着不比别人短,为啥兄弟单位施工进度快,我们却像蜗牛一样爬行?"

- 张长征患有风湿性关节炎和心脏病,每当心脏病发作,他都要打吊针,而他拔去吊针,又去了工地。

南昆铁路各段先后开工修建

1990年12月24日,南昆铁路东段率先动工,在广西南宁挖下了南昆铁路第一锹土。

铁道部副部长屠由瑞参加开工典礼,他揭开了南昆铁路起点碑石上的红绸,一场威武雄壮的铁路大会战的序幕拉开了。

因为南昆铁路沿线地质条件极为复杂,前期的勘测工作没有能够细致地展开,铁道部于1990年在成都第二次对南昆全线坡度、大能力以及南宁至那厘段、昆明至路南段进行鉴定。

1991年12月19日,西段如期开工。在云南石林,这里被称为"阿诗玛的故乡",撒尼族同胞跳起欢快的民族舞蹈,吹起雄壮的过山号,工地上鼓乐喧天。

邹家华副总理亲自为开工典礼剪彩。

随着开工令的下达,披红挂彩的铲土机高高扬起巨铲伸向脚下的红土地。

西线工程的正式开工,标志着南昆铁路建设的全面展开。从东到西,从西到东,双头并进,战鼓频催。

1993年4月18日,南昆铁路贵州段开工典礼在盘县红果镇附近的家竹箐隧道工地举行,邹家华亲自前往现场剪彩。

铁五局四处"青年突击队"队长率领200名队员跑步冲向家竹箐隧道施工现场，发起了强攻家竹箐隧道的战役。

至此，南昆铁路云南、贵州、广西同时并进的施工局面最终形成，南昆铁路建设进入高潮。

1993年6月，在成都第四次就全线站后工程的技术设计、全线电气化初步设计、百色至威舍段技术设计进行鉴定，并先后经铁道部正式批复。

1994年6月14日，南昆铁路建设领导小组在广西百色市召开了第三次会议，对建设中的一些重大问题进行了商讨，并取得一致意见。

与会人员还到米花岭隧道和八渡南盘江大桥工地，检查了工程进展情况。

会议认为，南昆铁路建设取得了较好进展。

南宁至那厘段，5月1日在工程运输的同时，开始了货物运输的业务，做到了"分段铺轨、分段开通"，提前发挥了投资效益。

南昆铁路开始进入施工高峰期，重点、难点工程全面铺开。

会议对工程进度进行了安排并提出要求：

　　1994年要集中力量，突出重点，猛攻难关，确保控制工程和那厘至百色、昆明南至石林的铺轨，按《施工组织方案》规定的工期进行，做好善后工程、枢纽工程的衔接和电气化工程的准备，以确保总工期和提前发挥社会效益。

科技攻关人员要深入现场，参与实践，指导工程。新技术要做到成果可靠，万无一失。要以科学、严谨的态度实施好铁道部《南昆科技进步计划》，抓好难点工程突破。

要搞好现场设计，提高设计质量，抓紧完成特殊结构大桥的设计鉴定。

1995年9月5日，南昆铁路建设领导小组在昆明市召开第四次会议。铁道部南昆建设指挥部汇报了工程进展情况。

邹家华在讲话中指出：

南昆铁路建设已经进入全面攻坚的阶段……集中力量、加快建设，确保质量，不留隐患……努力实现1997年全线建成的既定目标，并力争提前。

自领导小组第三次会议以来，南昆铁路建设工程取得了很大进展。全线工程完成达到70%以上，正线铺轨324公里，达36.5%。

另外，一批重难点工程有了突破，一批科研攻关项目取得了成果。

会议同意指挥部遵照"集中力量、加快建设"的精神和工程的实际情况，对第二次领导小组会议审议通过的全线指导性施工组织设计进行了必要调整，以突破控制工程为重点。

会议要求，全线建设单位要继续积极有序地推进工程进展，在确保工程质量的前提下，全线于1997年建成，并力争提前。

根据工程发展的动态变化，并为贯彻"确保工期，力争提前"的决定，对《施工组织方案》进行了调整：

全线接轨时间原定为1997年7月1日，力争提前到4月1日，年底完成电气化配套。

全线控制工程米花岭隧道予以解除，转移为家竹箐隧道、清水河、八渡南盘江和白水河大桥等工点，接轨点从根龙车站移到八渡车站。

"强攻北段"是牵涉全局的一件大事，要求北段、西段确保实现1996年7月15日铺轨到威舍的目标不变。

打通南昆铁路二排坡隧道

1992年4月,一声巨响,群山颤抖,四野轰鸣,向二排坡攻坚的战鼓擂响了。

中铁十五局二处的300多名职工,要在这已经沉睡千年的二排坡的腹心穿出一条大隧道。

二排坡隧道是南昆线上仅次于米花岭隧道和家竹箐隧道的第三长隧道,号称"南昆铁路西大门",是西段控制工期的重点工程。

二排坡隧道穿越路南断坳向斜盆地与宜良断陷盆地的分水岭,这里属构造侵蚀中低山区,海拔1750米至1975米,相对高差200多米,地形起伏大,沟谷发育,地质条件复杂。

隧道通过岩溶地区,局部发育成暗河和溶洞,其中有一段有蚂蟥沟暗河和隧道斜交通过。隧道还通过5条断裂层破碎带,共长555米。

隧道最大涌水量每天达1.4万立方米,全隧道位于8度地震区。

地质条件如此复杂的长大隧道,工期却仅有36个月!

中铁十五局从京广线、侯月线、焦枝线、上海、攀枝花等地调集来300多名精兵强将和先进设备上场,并成立了以总指挥王大贤、总工程师宋伦杰为首的汐穿术攻关小组。

中铁十五局针对二排坡隧道地质极为复杂的施工特点，认真进行了多种施工方案的比选，最终确定采用无轨运输机械化施工。

在施工中，他们采用液压钻孔台车钻眼，立爪式电动扒砟机和隧道挖掘装载机装砟，自卸矿车出砟；混凝土输送车、输送泵输送混凝土和单线隧道全断面钢模衬砌台车衬砌。

还采用大风量通风机和大直径软管通风，形成了钻爆、装砟、运输、喷锚、衬砌、通风机械化一条龙施工，充分发挥了机械化配套的优势。

谁知开工不久，他们就遇到了断层。隧道里塌方不断，落下的石块其大如斗，有的甚至比汽车还大。泥浆顺隧道四处横流，前进的道路受阻。

但是，这支当年在朝鲜战场上叱咤风云的铁军并没有被困难吓倒。

中铁十五局南昆总指挥王大贤得知消息后，迅速赶到现场。

王大贤手拍桌子，面对二排两个施工口的负责人大吼道："我们站着不比别人矮，躺着不比别人短，为啥兄弟单位施工进度快，我们却像蜗牛一样爬行？"

一阵狂风暴雨过后，他又心平气和地和大家讨论具体对策。由于他的严厉在十五局出了名，因而得了一个

"巴顿将军"的称号。

王大贤是一个有名的实干家，作风泼辣，雷厉风行。

施工展开后，王大贤始终坚持"指挥在一线，工作在一线，解决困难在一线"的原则，以"修路为先，艰苦奋斗"的模范行为带动职工。

王大贤与指挥长石安邦精心组织，依靠科学和顽强拼搏的精神，采用浅开挖、弱放炮、强支护、早喷锚、清两侧、紧封闭等施工方法，前进一米，衬砌一米，有时把掌子面全部封闭起来，以保证人员和机械的安全。

大家经过一个月的英勇奋战，共清除塌方石块5000多立方米，顺利地通过了断层。

然而塌方并没有就此停止，一次次的塌方似乎在对人们的意志进行考验。

1993年8月，又发生了连续不断的大塌方。

隧道拱部泥石块哗哗塌落。掌子面上，从拱部的4个钻眼里，涌泉如注直泻而下，形成了一条宽大的瀑布，仿佛水帘一般，每小时涌水达300立方米。与此同时，泥石也随着涌泉一起落下，险象丛生！洞顶洞壁的块块危石龇牙咧嘴，令人望而生畏，仿佛是拦路的凶神恶煞。

在石安邦的主持下，仅用了25分钟，便决定了施工方案，并迅速组织起由队长刘实行等人参加的抢险队。

刘实行率先冲上，包树虎、锁壮壮、宋金球等争先恐后，其他抢险队员也紧紧跟上！

当时，拱部已塌落四五米，形成了一个黑黢黢不见顶部的大洞。

大家冒着仍在不断落下的碎泥石，扛方木、立排架、支拱圈、上模板……

同时进行排水作业，上道坑继续打眼放炮，开辟打拱部混凝土的工作面。

汗水不断地流下来，但谁也顾不得去擦上一把。有的人把手脚都碰破了，但他们顾不得包扎一下，仍然坚持战斗。

塌方这只拦路虎终于在英雄们的面前退缩了，而且，他们创造了二排坡开工以来的最好成绩。

他们靠这种拼搏精神，先后战胜大小塌方 200 余次，抢运塌砟一万余立方米。

这期间，他们吃了多少苦，流了多少汗，只要看看他们的破衣烂衫，就可以明白。

洞内烟尘滚滚，呛得他们喘不过气来，胸闷头痛，双眼流泪，有的人甚至晕倒在掌子面上。

但是，他们被抬出洞外休息一会儿后，就又冲进了洞中。

为了加快施工进度，他们有时在洞内连续战斗几天几夜。渴了，就喝口洞壁上淌下的山水；饿了，就啃几口自带的干粮；有时困得实在支撑不住了，就在洞中找个比较安全的地方打个盹儿。

吃过、喝过、休息一会儿之后，一声呼喊，大家一挺身又跳起来继续干。

从建设大军开工之日，直到完工的 30 个月中，所有的人都没有任何节假日。大年三十，领导与工人都是在紧张的施工现场度过的。

这些建设者中，绝大多数的夫妻常年两地分居，三分之一的职工从开工以来 3 年没回过一次家。

然而说起所有这些，二排坡的建设者都毫无怨言，大家都把劲用到了铁路建设上。

在施工过程中，他们多次掀起施工高潮，并先后 3 次创下南昆线隧道施工新纪录，14 次创单口单工作面百米以上成洞纪录。尤其是担负出口施工的三处，在 1994 年连创 6 个百米成洞纪录，体现了 20 世纪 90 年代隧道施工高产稳产的新水平。

气势宏伟的二排坡隧道进口洞门，还荣获了南昆铁路建设首批样板工程的殊荣。

1994 年 10 月 6 日，二排坡隧道胜利贯通，比原计划工期提前了 86 天。

王大贤说："随着经济的知识化、信息化，过去那种依靠自然条件和大量劳动投入促进施工生产的作用日益缩小。各单位施工能力的较量，实质上是科学技术的竞争。科技水平的高低，会在很大程度上决定企业未来的命运。"

中铁十五局通过隧道施工，完成了铁道部中长单线隧道无轨运输快速施工机械设备配套的科研项目，同时，完成了国内第一台大型子午加速型每秒 1000 立方米通风机的工程试验，以及大直径新型通风软管的应用试验。

在进行专题科研的同时，他们积极推广隧道"新奥法"施工技术，推广、应用了光面、预裂爆破、STC黏稠剂潮喷、新型锚杆、分次投料搅拌工艺等一大批新技术，使二排坡隧道的施工水平迈上新台阶，整个工程质量达到较高水平。

王大贤说："过去在计划经济体制下，修铁路的原材料由国家调拨，人马吃皇粮，铁路建成了，好坏都有人接收，没有竞争的压力和刺激先进技术的积极性。现在不同了，搞市场经济，大呼隆、人海战术、虚张声势再也战胜不了竞争对手了。市场经济更强调质量、安全、速度和效益。只有紧紧依靠科技进步，积极采用新设备、新技术、新工艺、新材料，才能走出'质量差、成本高、效益低'的困境。"

经评定，隧道综合质量达到了优良，其中隧道的两个洞门先后被铁道部南昆铁路建设指挥部评为优质样板工程。

该洞门的结构形式、施工工艺和管理经验，在整个南昆线上得到推广应用。

云南省委书记欣然为二排坡隧道题写了洞名。

1994年11月1日，在二排坡隧道工地上，鞭炮声震耳欲聋，锣鼓声喧天撼地。

身着节日盛装的撒尼族青年男女跳起欢快的舞蹈，向为他们修筑幸福之路的英雄们致敬。

工地上一面面彩旗猎猎飘扬，色彩斑斓；一幅幅巨型横标上的联语赫然醒目：

苍山碧水创新业；
云岭高原铸丰碑。
南昆线上铁军雄风展宏图；
二排坡前筑路英豪显神威。

二排坡隧道提前贯通祝捷会在这里隆重举行。
云南省省长和志强与铁道部部长李森茂剪彩。
南昆铁路建设指挥部指挥长刘德枢作了热情洋溢的讲话，他说：

是你们在1992年9月打响了第一炮，首创单口单工作面百米成洞纪录，成为全线创纪录活动的先导。此后全线形成你追我赶之势，纪录不断刷新，为推动南昆全线隧道施工作出了贡献。

特别突出的是进入1994年以来，从4月份起到9月份，你们又创造了连续6个月百米成洞的好成绩，这个持续、稳产、高产的纪录，至今仍然把握在你们手里。

刘德枢充满激情地说：

二排坡隧道提前贯通的胜利来之不易！你们艰苦奋斗的日日夜夜，你们付出的汗水和艰辛，将永远记录在云南这片美丽富饶的大地上，永远融合在钢铁大动脉的搏动之中。大西南云南省的经济腾飞将包含着你们的功绩。

刘德枢还高度评价了二排坡隧道贯通的意义：

二排坡隧道提前86天贯通，这是南昆全线4000米以上长隧道中取得的第一个突破，也是西段重点控制工程的一个重大突破。至此，西段铺轨、架梁及站后、电气化等后续工程的"大门"打开了。

建设南昆铁路威黄段工程

1992年8月,当时年仅40岁的张璠琦挑起了中铁十八局南昆铁路指挥部指挥长的重担。他是全线各参战单位唯一一位以局总工程师的身份担任指挥长职务的人。

张璠琦毕业于西南交大,这位生性倔强的山东大汉清楚地知道,他面临着的将是一场严峻的挑战。

当时,十八局负责建设的20公里线路,正处在贵州地区的艰险地段,仅隧道就有12座,其中超过2000米的长大隧道有4座;桥梁13座,桥隧总长18.75公里,占线路总长的47.1%;并且大部分桥隧工程集中的地区,地下暗河、溶洞群和裂谷相连,成为前进道路上的一个个陷阱;更何况山高流急的八渡南盘江上还有一座号称"神州第一桥"的特殊结构的高科技大桥,即八渡南盘江大桥工程。

1993年8月,张璠琦带领中铁十八局1000多名精兵强将和辎重昼夜兼程,浩浩荡荡地开进了位于兴义市境内的南昆铁路威舍至黄泥河段工地。

当时,张璠琦提出了一个响亮的口号:

一定要让中铁十八局的大旗在南昆线上高高飘扬。

张璠琦并且提出这样的口号：

用一流管理，建一流队伍，保一流安全，创一流质量，争一流速度，获一流效益。

张璠琦知道，要把这一思想变为实际行动，关键是要靠科学管理，才能有条不紊。而要做到科学管理，必须有科学的标准，标准化管理是当务之急。

张璠琦经过深思熟虑，并参考国内外经验，他推出了"项目标准化管理"。

张璠琦明确提出：

以施工项目为目标，在工作标准化、管理标准化和技术标准化三大体系筹覆盖下，使96个工种的工作标准、50多种管理制度、11种技术标准都有明确具体的阐述和要求，从而使一切工作有据可依，每道工序都在科学、经济、标准的轨道上运行。

职工们通过认真学习、领会和对照标准行动，以"创高产、破纪录、夺金牌"为内容的劳动竞赛一浪高过一浪，极大地促进了工程的进展。

张璠琦时时刻刻都没有放松对标准化管理的落实，

并将这些规范化标准汇编成书。

南昆铁路中段不仅最为艰险，而且开工最晚，由于整个工程"前门敞开，后门堵死"，使中段工程时间紧，任务重，一上场就要快马加鞭。

他们刚要投入战斗，就遇到了图纸不能及时到位、资金紧张、设备不足等困难。

面对重重困难，张璠琦没有坐等万事俱备后再开工，而是以艰苦创业的精神，抢时间，争主动，在施工条件尚未具备的条件下，积极创造条件展开施工。

没有路，他们组织职工和民工开山劈岭，修筑了30多公里的施工便道。

没有电，他们就用发电机自己发电。

没有设备，他们就买来内燃风枪人工钻爆。

没有施工用水，他们就组织人员，人挑肩扛，把山下河水运到100多米高的山腰水池中，再压到掌子面上以供施工之用。

很快，十八局提前形成决战态势。

黔西南的自然环境极为恶劣，历史上就有"天无三日晴，地无三尺平"之说。当地的民谣对此描写得更为生动："四川的太阳，云南的风，贵州下雨像过冬。"连绵的阴雨使人瑟瑟生寒，而一遇暴雨，更会带来灾难。

1994年6月，一场大暴雨倾盆而下，黄泥河水猛涨。三队在山坡上的20多间房子移位下滑了一米多，大多数房子成了危房。

同时，羊寨隧道倒灌进一米多深的泥石流，许多挖好的桥墩基坑成了"蓄水池"，高原大山顿时变成了水乡泽国。

张璠琦组织职工一边抗洪抢险，重修房屋，一边坚持隧道施工，掘进工作从未因此而停顿过，为如期完工赢得了时间。

铁路施工需要消耗各种材料，而需求量最大的当属水泥。

1993年，个人经营的兴义荣胜水泥厂因设备陈旧，技术落后，缺乏人才，资金捉襟见肘，面临倒闭的厄运。正在为找到一个稳定而充足的水泥供应基地而绞尽脑汁的张璠琦及时捕捉到这一信息，他立即前往荣胜水泥厂调查。

随后，张璠琦用严密的经济学原理和微机进行市场预测和精密论证，作出一个大胆的决定：为该厂注入资金，合资经营。

这一决定要冒很大的风险，因为谁也没有把握能使一个濒临倒闭的小企业起死回生。

但张璠琦却认为，这个险值得一冒。

于是，张璠琦请黔西南州和兴义市领导出面牵头，商定在荣盛水泥厂原有基础上，两家各出200万元资金进行技术改造，并从北京高薪聘请技术人才。

这样，作为合资乙方的中铁十八局每年可分红利60万元，而工厂单为中铁十八局开一个专口，以每吨优惠

10元的价格优先供应水泥。

1993年下半年，南昆铁路建设资金出现很大缺口。张璠琦心里很清楚，如果不能及时解决资金问题，施工建设将中途停顿，不仅工期要后延，而且职工经济利益也会大受影响。

针对这种局面，张璠琦拉上办公室主任跑到兴义市建设银行，他晓之以理，动之以情，大讲南昆铁路的意义和苦衷。张璠琦的一番话感动了他们。

不久，600万元贷款拨到中铁十八局的账上。有如病人输入了血液，中铁十八局职工又抖擞起精神，在工地上大显神威。

当年生产再上一层楼，完成投资超过计划的25%；12座隧道有10座贯通，从未发生一起伤亡事故。

凿通南昆铁路米花岭隧道

1992年11月1日,南昆铁路上我国乃至亚洲最长的单线电气化铁路隧道米花岭隧道开工。

铁道部二局二处建设者云集米花岭大山两侧,他们日夜不断地工作着。工地上灯光辉煌,机器轰鸣,沉寂的大山热闹起来,焕发出勃勃生机。

当地群众纷纷让出自己的好田好地,出工出物,送饭送水,积极支援铁路建设。

米花岭隧道位于南昆铁路经过的广西壮族自治区田林县板桃乡境内,全长9392米。隧道穿越右江与南盘江两水系的分水岭之巍峨山脉,区域内山脉绵延,峰峦起伏,山坡陡峻,沟谷深切。

有人说:"米花岭横亘在云贵高原边缘,是桂西北通往云南、贵州古驿道上的一个关隘,因形如米花团而得名。"

也有人说:"这个地区属亚热带湿润季风气候,山中树木四季常青,花果长年不断。每到严冬季节,满山遍野米花怒放,洁白芬芳,米花岭因而得名。"

米花岭有一段用革命先烈鲜血染红的历史。解放前夕,国民党残部和当地土匪互相勾结逃到米花岭山中,凭借山势复杂与我解放大军做顽固抵抗。

一名解放军侦察兵深入山中查看地形,被土匪发现,追赶到一个叫央隆的小村子。村民们把侦察员藏了起来。土匪搜不出来就以烧毁房子威胁。

为了不连累村民,解放军战士挺身而出。凶恶的敌人把侦察兵吊死在村头的大榕树上,村民们被土匪全部杀尽。

过后不久,解放军发起进攻,在一个叫空碗的地方发生激战,我军民以死伤10多人的代价,一网打尽300多名土匪,解放了米花岭。

这就是田林县志写到的著名的"大弯弓战斗"。

米花岭隧道被铁道部列为南昆铁路科技一条龙重点项目,并专门设计了包括消化、吸收和引进国内外先进技术的科研项目,要求积累和创造铁路单线长大隧道的施工工艺和方法、机械配套使用模式等新经验。这条隧道采用的"长大隧道机械化配套施工"为国家科研项目。

长隧道施工的根本出路在于机械化,在于机械的最佳匹配。隧道局从1993年进场以来,指挥部就着手进行隧道机械化施工选型配套。经过几年努力,终于形成了开挖装运、初期支护、铺底、衬砌网条机械化作业线。

为此,承建隧道建设的铁道部第二工程局和铁道部隧道局先后从美国、德国、芬兰、英国、日本、瑞典等国引进了30台具有90年代先进技术水平的设备。如价值1260万元的四臂凿眼台车,全路两台都运抵米花岭,并搭配上百台国产设备。

其中开挖装运作业线为4门架式四臂液压凿岩台车钻眼，立爪式装岩机装砟，电瓶车牵引梭式矿车运输。

初期支护作业线为台车钻眼，注浆泵注浆，喷射机配合机械手喷混凝土。

衬砌作业线为混凝土拌合楼生产混凝土，轨行式混凝土罐车输送，全断面模板台车、混凝土输送泵灌注。

铺底作业线为人工检底，拌合楼生产混凝土，混凝土罐车运输，人工铺设。

机械化施工大大加快了施工进度，提高了作业质量，同时也减轻了工人的劳动强度，改善了作业条件，并在很短的时间内形成生产持续稳产高产。

他们严格按照新工艺、新设备、新材料、新技术的标准组织施工。隧道工人刻苦学习新技术，仅一个月时间的培训，就熟练掌握了新技术、新设备的使用、保养、维修。

在施工技术上，他们依靠科技进步，认真按照全断面开挖的"新奥法"原则施工。

与上下断面开挖相比，全断面开挖工序少，相互干扰少，便于施工管理。开挖面大，能提高钻爆效果，特别能发挥深孔爆破的优点。空间大，有利于提高大型机械的施工效率，实现隧道施工机械化作业，从而改善施工条件，加快施工进度。

在通过三个大断层时，他们依然坚持采用全断面开挖一次成型的方法，充分发挥大型机械施工作业和深孔爆破的优势，大大加快了施工进度。

1993年3月，在米花岭隧道隧道局出口工地上，人们争相传递着一个消息：

郭依弟来了，郭依弟又回到工地了！

郭依弟是一位1950年参加铁路建设的老工人，在祖国新线铁路建设事业中奋战了整整30年。他参加过新中国成立后第一条新建铁路成渝铁路的修建，亲手凿通过40余座隧道。

郭依弟一生与大山为伴，与顽石为伍，足迹遍及祖国的山山水水。他对隧道施工有着丰富的经验，熟悉各样工种和每一道工序。1980年，他退休回到老家四川简阳。

对于家庭，郭依弟欠下了无法计算的亲情债。

当年在成昆线上，一次隧道塌方，郭依弟正在招呼别人时，自己却被出砟车撞成重伤，隔着肚皮，肠子被撞断，血溢腹腔。

张长征将郭依弟背出隧道，送医院抢救。命保住了，却留下了病根，右肋常隐隐作痛。

然而辛劳一生的他退而不休，没有在家中享清福，而是继续带领家乡人民脱贫致富。

乡亲们很高兴，他也因此而闻名全县，被选为人大代表，并多次被评为优秀党员。

修建米花岭隧道的时候，已经66岁的郭依弟手拿着隧道局南昆总指挥张长征的一纸电文，心立即飞到已阔别10多年的工地。

郭依弟毅然放弃了安逸的生活，说服了家人，不顾身体已渐衰迈，义无反顾地应召奔赴工地。

临行前，郭依弟对妻子说："就当我出去旅游了。"

从此郭依弟又戴上了多年未戴的安全帽，腰间又别上了久违的手电筒，担起了出工区安全检查员的重任。

大型机械化配套施工，使隧道迅速地向前延伸，郭依弟每天两次进洞查看，一次往返就要在昏暗的洞中穿行10公里，每天就是20公里，半个月就要磨破一双胶鞋。

本来，郭依弟可以搭乘一段电瓶车，但他这位"老道"深知：坐车是走马看花，而步行则可以细致观察，可以随时对围岩闻声辨形，及时发现危岩，及时指挥锚固、找顶和喷浆，排除事故隐患。

一次，郭依弟正步行至人机交会的平导7号通口，忽然发觉顶部有一条裂隙。

不好！郭依弟凭多年的经验意识到：这是塌方的前兆！他立即叫人移开挂在顶部的高压电缆。

电缆刚移开，轰隆一声，一块约两立方米的大石块便直砸下来，在场的人无不出了一身冷汗。

辛劳换来收获，隧道局米花岭隧道全断面已经完成，而因工死亡的显示牌上至今仍然是"零"，创造了国内长大隧道施工无死亡的安全纪录，这里面凝聚了郭依弟这位老工人的心血。

依靠科技进步，米花岭隧道创造了一流的速度和效益。

1994年8月份以来，米花岭隧道连续10个月实现单口月成洞200米，达到了铁道部科技进步规划中2000年要求隧道单口月成洞速度。

1994年12月，隧道局与铁二局共同努力，双向并进，实现月成洞769米，创造了全国单线铁路月成洞最高纪录。

1995年11月5日至7日，全国铁道学会在隧道局南昆指挥部召开了机械化配套作业研讨会，米花岭隧道的机械化配套模式被评为"长隧模式"，被誉为南昆线上的"一颗科技进步的明星"。

米花岭隧道经过4年科学奋战，取得了丰硕成果，先后完成了铁道部设立的"单线铁路长隧道大型机械化配套施工技术""门架台车展望""斜井井身掘进及井下正洞快速施工技术和安全设施管理"等17项科研成果。

中铁二局高级工程师杨鉴凌开发的"自动极坐标测量系统"，在隧道竣工断面测量中可提高工效6至10倍，这一科研成果的推广使用可使每公里节约65.1万元。

隧道局米花岭指挥部总工程师罗琼说："这一隧道的成功建设，确立了我国单线中长隧道大型机械化配套施工模式，在改善作业环境和人员劳动条件，降低劳动强度的基础上，把我国隧道工程技术提高到当前钻爆法隧道修建技术的国际水平。"

在隧道局传颂着隧道局南昆指挥部指挥长张长征和隧道局副总经济师兼南昆指挥部总经济师谭曼怡伉俪的动人事迹。他们夫妻 33 年始终辗转于祖国各地，其中 31 个春节都是在工地上度过的。

张长征患有风湿性关节炎和心脏病，每天都硬挺着受伤的腰，坚持去工地。每当心脏病发作，他都要打吊针，而他拔去吊针，又去了工地。

在南昆铁路各参战单位中，隧道局的指挥部是距施工工地最近的指挥部。张长征说："拼上老本，也要争取在南昆铁路写上最后一段人生华章。"

谭曼怡已是超期服役，作为享受国家特殊津贴的专家，她却从没有去过北京。

谭曼怡本来可以留在洛阳总部，或去广东管区，但她却主动请缨上了南昆。

1995 年 11 月，谭曼怡到八渡车站检查工作，山陡坡滑，她的右臂被摔成粉碎性骨折，但她仍强忍剧痛，查看完工地回来后，吊着肩膀，继续坚持工作。

谭曼怡曾经写过一副对联来表达自己的志向：

修铁路一生求索有始有终；
建新线四海为家无怨无悔。

这副对联就镌写在隧道局指挥部大门的立柱上，成为谭曼怡和隧道局南昆指挥部全体人员的座右铭。

老队长王宴林在 50 年代就参加了工作，他积劳成疾，心脏、肝都患上了病，在广州治疗时，医院已报病危，在抢救时他还念念不忘南昆，说病好后还要再回工地。

由于中铁二局与隧道局的共同努力，米花岭隧道已于 1995 年 8 月全线打通。

1996 年 4 月 22 日 17 时 30 分，轰隆一声巨响向世人宣告：

隧道局和中铁二局共同开凿的米花岭隧道全部贯通。

打通南昆铁路家竹箐隧道

1993年初，南昆铁路贵州段家竹箐隧道工程战役打响了。

家竹箐隧道位于贵州盘县境内，北距贵昆支线盘西铁路上的红果站9公里。

资料记载：

> 亦资孔城，明天启、崇祯间普安道朱家民所建11城之一，为自滇入黔之首站，清代于此设驿站，并设分驻巡检一员，兼管驿务。

这里地处乌蒙山西麓，横断山脉腹地。家竹箐山势高耸，是南盘江与北盘江两大水系的分水岭，岭高达2222米，相对高差500米，两侧沟壑纵横。

家竹箐隧道全长4990米，仅次于米花岭隧道，是南昆线上的"第二长隧"。但是，工期只有38个月。

承担此项任务的铁五局四处认为，面对这条困难复杂、前所未见的长大隧道，不能靠硬打蛮干，而要靠科技攻克难关。

中铁五局为此特地成立了局特别领导小组，负责隧道施工的总体规划，对施工中的重大问题进行决策，重点是安全顺利地完成科研任务。

五局局长黄政球亲自担任特别领导小组组长、局总工程师白继承为常务副组长，下设施工组、安全质量组和瓦斯监测中心。

四处也成立了家竹箐工程指挥组。由副处长黄平任指挥长，要求有关业务骨干参加，执行贯彻上级和局的施工决策，指挥管理各施工队伍，圆满完成施工任务和科研任务。

他们集中了局处40多名技术人员，会同铁二院、西南交大组成一支70多人新老结合的技术攻关队伍，共同组织科技攻关。

白继承一家人分居四处，常年不得团聚，他自己又患有眼疾。但接到任命后，白继承毫不犹豫地亲临前线挂帅。

白继承与局施工技术处副处长罗自品、局安全质量处副处长唐权辉、局科研所姚振武三位高级工程师负责施工组织和安全质量。

他们以自己丰富的知识和经验，周密安排，精心设计，两年来一直没离开家竹箐隧道工地。

开工遇到的第一道难关就是塌方。

出口地段100米地段为灰岩。3月，出口方向塌方严重，落下的石块将掌子面全部封死。

进口地段1000米处为玄武岩。5月，当隧道进口方向刚掘进到15米时，也遇到塌方，塌下的石块堆积层将支撑物全部压垮。

大家用 22 毫米钢筋打铆钉加固的办法遏制塌方，但掘进到 70 多米时，就再也不能前进了。

这样，整整一个月，就打进了这 70 多米。

针对这种情况，大家积极进行分析研究，研究的结果是，打横洞插入，以避开进出口塌方。

他们在进出口各打了一个横洞，总长度 199.45 米，绕开了塌方区。

出口处近 1000 米的灰岩有小洞与地面相通，雨季时大量雨水从溶洞涌入洞内。

1995 年 9 月，盘县地区连降大雨，有一次整整下了 4 个小时，使隧道内涌水如潮，一天最多时达 8 万多立方米。

家竹箐隧道有一定的小坡度，冒水地方离高洞口近，而离低洞口远，水要流过大部分隧道。

他们采用防堵结合的办法治水，设计了全长 350 米的隧道中心暗沟和 1499 米的泄水洞，使水从洞沟内流走，这种洞内排水工程的规模在铁路隧道史上十分罕见。

另一方面，考虑到岩溶管道的特性是越排管道越顺畅，水越难堵，所以采用了深孔注浆的方法以堵塞岩溶管道。

经过大家不懈的努力，水患终于被排除了。

家竹箐隧道要斜穿黔西南煤海盘县煤系盘关矿的金佳煤田长度达 1155 米的 26 层煤系地层，困难重重。

隧道煤层最厚处达 9 至 16 米，倾角最小仅 14 度，使穿煤长度增加。

煤质软，瓦斯压力大，有人测算，家竹箐隧道的瓦斯压力是侯月线云台山隧道瓦斯压力的 4 倍，瓦斯含量是云台山隧道的 3.2 倍。

当隧道穿越 17 号煤层的时候，每分钟涌出瓦斯 10.6 立方米，如果不采取强制抽风，每小时就会有 636 立方米瓦斯涌入洞中，使隧道工作面 300 米地段达到爆炸浓度。

从 1994 年 7 月至 9 月，仅平行导坑即排放瓦斯 11.2 万立方米。

有专家说："家竹箐隧道的瓦斯浓度和压力在国内乃至亚洲隧道建设史上都没有先例。"

其中，12、13、14、17、18 号煤层都有突出的瓦斯爆炸危险。

但大家面临的情况是，家竹箐隧道如果打不通，南昆铁路北段将有可能被迫放弃。

与采煤相比，铁路隧道施工尤为艰难：

煤矿可以避开不良地段，而隧道线路一经固定，就不可能改变；煤矿巷道与煤层垂直，而铁路隧道坡度固定，倾角小，过煤层长度最长可达 40 多米；煤矿巷道挖完煤就报废，是临时使用，而铁路隧道是永久性建筑，要保证消除这种永久性威胁，建筑难度大；铁路隧道掘进是机械化、大断面，断面相当于煤矿的几倍，防瓦斯、防坍塌难度大。大型机械化施工，仅照明就需千盏灯，极易引发爆炸。

为此，中铁五局四处在家竹箐隧道施工中采用了多种防瓦斯措施：

首先是全防爆施工。一切机电设备、器材等均为煤矿防爆型，施工人员的服装、安全帽、照明等都是防爆、阻燃、防静电的。

洞口设检身房，防止一切烟火进洞；爆炸危险煤层实行喷雾洒水，以降低煤尘浓度。

其次，建立强有力的巷道通风，确保瓦斯浓度的降低。打平行导坑2768米，以有利于瓦斯通风和上半断面出砟施工。

同时，采用155瓦的轴流通风机，强制性从洞内往外抽排瓦斯，使工作面的瓦斯浓度在绝大部分时间都保持在0.1%至0.5%之间。

他们对于局部浓度超标的地方，则采用高压风将瓦斯吹散。

在接近煤层的岩石层上用液压水平钻机打预探钻孔，以使瓦斯气排出洞外，称为揭煤。

全洞打探孔3万多眼，仅17号煤层就打孔390多眼，总长度达8213米。运用瓦斯抽放和排放措施这在铁道工程中尚属首次。

同时采用打斜井的方法，将隧道分割，增加工作面，形成"长道短打"的局面。

他们共打斜井4个，总长度达1462米。特别是位于隧道中部的1号、2号斜井，将近5000米的隧道分成2800米的瓦斯隧道工区和2200米的非瓦斯隧道工区，不仅方便机具安排，而且增加了工作面。

在施工中，他们采用全天候瓦斯遥控、监控测试。中铁五局成立瓦斯检测中心，处成立通风防爆科，队成立通风防爆室，共计28人全天候进行监测。

采用ATY突出预测仪、钻孔流量计等先进设备预测煤层突出危险。

洞内关键部位，如掌子面、回风道、移动变电站等处，设置瓦斯断电仪、警报器，在瓦斯超限时，就能当即采取断然措施。

衬砌结构设计为全封闭的气密性复合衬砌，以防止瓦斯泄露。采用HDEP塑料板全封闭，混凝土中添加硅灰和粉煤灰，其不透气性比普通混凝土高1000倍。

白继承等技术人员冒着生命危险，亲临现场，每当揭煤时，更是通宵达旦地在现场指导。

1994年11月11日，在揭平导18号煤层时，突然发生喷孔，并出现连续煤爆，响声隆隆。他们在距掌子面仅15米的地方，双脚被震麻，而且他们很清楚，随时都有可能发生大爆炸，每一分钟都充满了危险。在这生与死的考验面前，他们没有退缩，而是进入掌子面去指挥处理。

隧道瓦斯监测中心主任管健每天分析、记录监测到的瓦斯情况。施工能否掘进，掘进到几米，全靠他提供的情况决定，管健不敢有丝毫的疏忽。

管健每天还要进洞现场监测，特别是在揭煤时，他更是寸步不离。

10月21日，18号煤层探孔发生大喷煤，5吨煤浆随着巨大的瓦斯气流呈扇形猛烈喷出，霎时间，18毫米的铁管被击弯，测试仪器全部被打烂。

管健还没反应过来，就被煤浆巨大的力量冲贴到洞壁上，脸被击伤。

其他的人也被冲倒，趴在地上。

事后管健说："当时煤浆喷出时，有10多分钟没反应过来，自己以为要完了。"

但他们没有退缩，爬起来继续坚持观测，从而掌握了第一手资料。

当他们从洞中出来时，除了白眼球，全身上下全是黑煤浆。

他们就是以这种精神坚持观测，仅18号煤层就提供了400个数据。

大家都称他们是不怕苦、不怕死的"地质尖兵"。

五局四处以未死一人的纪录，创造了安全施工的奇迹。

1995年4月，就在大功告成之时，一个意想不到的地质灾害突然发生了。

由于家竹箐隧道埋深达400米，瓦斯压力达每平方米16千克，而且煤气地层软，加上地处大断层，这些情况交织在一起，产生出特大的高地应力：垂直压力每厘米达86千克，水平压力每厘米达164千克。

强大的地应力导致的地质变形，使390多米成型隧道扭曲，拱部变形2.4米，侧压力将边墙推进达1.6米，底部上拱最高达1.2米，最突出的100米呈全方位变形。

大家支护的80厘米厚的双层钢筋、钢拱架混凝土的拱部衬砌被压垮，300多米地段20厘米厚强劲的钢拱架锚喷初期支护被摧毁。

变形地段拆除工作十分困难，尤其是上半断面围岩和支护的严重变形，造成场面狭小，致使长锚杆施工难以进行。

5月、6月，他们先采用以刚克刚的办法，加大钢拱架，并加大混凝土强度，但无济于事，巨大的压力将钢拱压垮，钢筋变成了麻花。

7月、8月，他们又采取了以柔克刚的办法，改用木架支撑，粗粗的圆木和横梁也被压裂、压断。

9月，他们又改用先放后抗、先柔后刚、刚柔相济的治理办法，采取加固衬砌强度，将衬砌由10.16厘米加厚到20.32厘米，并在混凝土中加上钢纤维。

同时，他们采用长锚杆注浆法，锚杆从8米打到18米，以加固顶部，先后打锚杆1000多根，总长度达11万米，同时进行注浆。

变形终于被制伏了。

铁二院高工们说："家竹箐隧道的成功，科技是决定因素。"

在家竹箐隧道整个施工过程中，他们除了采用许多先进施工方法外，还采用了许多先进仪器，如用压力盒测山体压力，用超声波测危岩松动范围，用应变计测锚杆、钢筋和混凝土的硬力，用多方位移计测地应力等。

1996年5月14日，家竹箐隧道威舍方向洞口披红挂彩，洞口的两条彩带上大书对联一副，分外引人注目：

战南昆彩虹跨三省；
攻北段银线连五洲。

四周欢声笑语，人声鼎沸，中铁五局四处南昆指挥部所有领导和技术负责人全部由红果镇赶到现场。

已接到五局工会副主席、局工会党组副书记任命通知的副处长齐康平，也特意赶来了。

工地的工人，附近各族群众和中小学生都在翘首以待，洞内铺轨机作业的隆隆响声越来越大。

12时30分左右，当铺轨机的巨臂将12吨重、25米长的轨排高高举起从洞内徐徐伸出洞口时，立刻鞭炮齐鸣，锣鼓震天，人们欢呼雀跃……

家竹箐隧道的成功，实现了铁道部孙永福副部长提出的"三头并进"的铺轨方案，而且完成了高瓦斯隧道煤系地层防爆防突技术、安全施工管理、高瓦斯隧道运营安全防瓦斯泄漏、瓦斯监测和运营通风研究两项铁道部部控科研项目，以及17项隧道设计和施工新技术，为以后在高瓦斯隧道施工积累了极为宝贵的经验，同时也培养了一批技术干部和技术工人。

5月9日下午，贵州省长陈士能到家竹箐隧道工地慰问视察时，在听完汇报后，他说："你们大门上的对联应改一下，改成'科技修筑南昆线，智慧凿通家竹箐'。"

打通南昆铁路天生桥隧道

1993年初春,中铁二十局三处南昆指挥长许良元率领一群年轻的筑路人,爬上了这座神秘的山岭,开始挖掘天生桥隧道。

在中铁二十局南昆指挥部管区内,有五大著名的重点难点工程,它们分别是天生桥2号大桥、天生桥隧道、山冲特大桥、陆良车站、白土山隧道。

其中,天生桥2号大桥采用悬臂灌注连续梁新技术施工,属铁道部重点科技攻关项目;而天生桥隧道,则是全线仅有的两座高瓦斯隧道之一。

这两项工程,集高新难险于一炉,在全局施工史上绝无仅有,不仅是重中之重,而且还是控制全线工期的咽喉工程。若要就施工的不可预测因素和危险性而言,当首推天生桥高瓦斯隧道。

这座隧道全长2450米,所处圭山煤田为云南著名的高瓦斯矿区,隧道所经围岩,断层褶皱发育,下伏玄武岩古剥蚀面隆起,煤系地层与玄武岩之间呈不整合接触,成煤环境不利,煤层的厚度极不稳定,地质情况极为复杂。

隧道中部横穿10层煤系地层,总长度达320米,瓦斯设计浓度最高达12%,属最危险的爆炸浓度,并且,在揭煤时存在地应力突然释放的地质结构，煤与瓦斯涌出形式具有突发性质。施工中如果稍有不慎，就会酿成毁灭性的灾难。

能否成功地揭穿煤层，并彻底征服瓦斯，成为夺取整座隧道施工胜利的关键。

瓦斯是铁路隧道施工中最阴险歹毒的克星，和断层、溶洞、暗河、涌水、危石、塌方这些令人毛骨悚然的字眼相比，它的危险性要超出千百倍。

瓦斯在页岩、灰岩和玄武岩之间蹑手蹑脚地走过了漫长的三叠纪、侏罗纪、白垩纪、第三纪、第四纪。它紧紧地搂抱着黑黝黝的煤层，寄生虫般死死地依附着这凝固的黑夜。

它随时都在酝酿着一场惨绝人寰的爆发。

历史上，瓦斯爆炸给人类带来的灾难简直是触目惊心，惨不忍睹。

据有关资料记载，1959年1月27日，由铁道兵某部担负施工的贵昆铁路岩脚寨隧道发生了强烈的瓦斯爆炸事故。

当天10时左右，随着一声天崩地裂的巨响，掌子面上轰鸣的凿岩机变成了哑巴，眨眼间，整座隧道完全被火光和浓烟吞没。

巨大的冲击波，飓风般呼啸着，一路摧枯拉朽，当即刮倒棚架34排。3个小时以后，这座隧道又连续发生4次爆炸，重新摧毁支撑97排，导致7处大坍塌。

这次惨烈的灾难，不仅使工程全部陷于瘫痪，而且给部队官兵的生命财产造成了难以估量的损失，在中国铁路建设史上留下了沉痛的一页。

在天生桥隧道附近的矿区，瓦斯爆炸事故更是频繁发生。

1987年7月14日，雄壁煤矿老窑树沟3号平洞发生瓦斯爆炸，造成8人死亡。

1990年9月，雨柱煤矿发生煤与瓦斯突出，将轨道上运行的矿车掀了个底朝天，7名矿工横尸坑道，悲恸的哭喊声淹没了整座矿山。

这次，紧跟在许良元身后的，有副指挥长李国华、宋建忠，总工程师吴应明，生产办负责人张沱、郑刚，还有白引蝉等几名测量工。

这些30岁左右的年轻人，都是许良元从全处范围内精心挑选出来的业务尖子，都是能够独当一面的得力干将。

他们的肩上扛着军用水壶、康师傅方便面、雷士饼干和涪陵榨菜；扛着尖嘴锄、铁锹、经纬仪、标杆、塔尺和天生桥隧道平面图；扛着老茧、血泡、工期、军令状、目光和滚烫的太阳。

他们披荆斩棘，一往无前的脚步声，向这头拦路的怪兽发起了最强有力的挑战。

中午，散牧的羊群咩咩地叫着，沿着崎岖的小路，来到了一个寂静的山坳。当它们绕过那几株屏风般的山茶树，眼前忽然升起一片希望的光芒。

它们几乎同时发现了新大陆。它们看见前面的草地上，堆放着许多棉衣、毛衣等其他衣物。

最让它们惊讶的，是它们看见这些衣物的后面居然还有一大撂颜色醒目的行囊，它们发现这些绿色的包裹和它们刚刚亲吻过的灌木叶比较起来，绿得更加彻底，更加惊心动魄。

它们纷纷争先恐后地奔向这些充满诱惑的包袱，并小心翼翼地用嘴将它们撕开。

随即，它们毫不犹豫地用牙咬住了这些陌生的食品。

要不是听见对面山坡上那位牧童的大声吆喝，许良元怎么也想不到，他们装在挎包里的蓝色施工图纸会变成羊群的美餐。

万幸的是，这群不速之客终于无法咽下那些宏伟的路基、隧道和大桥，只有许良元和他的施工队伍才能有那么大的胃口，能够从容不迫地将这些庞然大物一个个吞下肚里并彻底消化。

那时，许良元正坐在一块巨石上，大口大口地吸着烟，敏锐的目光透过缕缕蓝色的烟雾，默默地凝视着前面层峦叠嶂的群山，像凝视着一盘黛绿色的棋子。

这是一尊钢打铁铸的雕塑。他方形的脸膛呈铁青色，颧骨突出，鼻梁高挺，眼睛凹陷，乌黑的剑眉掩映着两道冷峻而又深邃的目光，轩昂的额头上分布着几条刀刻似的皱纹，仿佛思想的自然延伸。他的整个面部轮廓分明，透出一股坚毅不屈、无坚不摧的力量。

许多人都这样评价许良元："他是一位彻头彻尾的南昆狂人。"

他的狂主要表现在工作上，尤其是在承揽任务方面，他的胃口简直大得惊人。

本来，全局的五大重点工程，原来属于他们的只有三项，当初在分配任务时，丁明德等局级领导不是没有考虑的。

这么艰巨的工程，即便是每个项目部平均摊上一两项，其承受的压力已经是非同小可，更何况是一锅端？

然而，许良元硬是从丁明德那里把陆良车站抢到自己的名下，后来又在关键时刻挺身而出，主动承担了天生桥2号大桥的施工任务，为丁明德解了燃眉之急。

有人曾经问过许良元："你的胆量为何那么大？"

许良元的回答是坚强有力的："我的自信来自两个方面，这就是群众和科学。"

三处的职工善于打硬仗恶仗，这在全路是出了名的；三处在南昆线推行的技术承包和目标成本管理，在全路也是出了名的。这就难怪许良元那么大胆自信了。

许良元是铁道部火车头奖章获得者，没有比这顶桂冠更适合他的了。因为他本身就是一节马力充足、风驰电掣的火车头。

在许良元率领的这支施工队伍面前，任何艰难险阻都会在那隆隆驰骋的巨轮下被碾得粉碎。在图纸迟迟不能到位的情况下，他们曾经沿白土山隧道中线整整掘进了400米。

由于天气大旱，工地上经常停电断水，职工们便组织起来到两三公里外的山谷里去挑水，山冲特大桥的十几个高耸入云的桥墩，就是大家用铁肩挑出来的。

许良元的性格很倔强，他善于挑战极限。他像一盘承重弹簧，负荷越大，爆发力越强。

许良元是一名勇敢的弄潮者，所面临的形势越是严峻，困难越是险恶，他的斗志便会越加旺盛，他智慧的灵感便会越加光彩照人；他犹如一口宝刀，在拼杀和磨砺中，越发寒光逼人，锋利异常。

正如许多优秀的领导者一样，许良元对事物的发展过程及关键环节有着惊人的预见和判断能力。在组织指挥施工的过程中，他有时甚至凭着敏锐的直觉果断地做出一些惊人之举。这些重大举措对于争取施工主动，确保计划工期具有决定性意义，后来大多得到了上级领导的肯定。

许良元曾经自作主张在白土山隧道开辟横洞，以增加两个作业面。在陆良车站土石方工程施工中，他打破了集镇附近车站爆破装药不得超过5吨的规定，组织科技力量实施微差松动爆破，硬是往马鞍山的肚皮里填进了36吨炸药。

随着轰隆一声沉闷的巨响，一座巍峨的山峦躺倒了，许良元智勇双全的开拓者形象却高高地矗立在高天厚土之间。

　　当时，许良元又开始筹谋着天生桥隧道的决战。他在思考着这样一些问题：

　　按惯例，新建铁路隧道在穿越邻近煤系地层或其他高瓦斯地层时，通过地质勘探或施工监测，只要在隧道任何部位发现有瓦斯，那么该隧道即定为铁路瓦斯隧道，并按铁路瓦斯隧道的有关规定实施施工管理。

　　而瓦斯隧道的管理无论是从技术上、设备上，还是施工组织上，都比普通隧道的管理要严格、复杂得多。

　　天生桥隧道所经过的煤系地层长320米，占隧道总长度的13%。如果整座隧道都完全按瓦斯隧道管理，势必造成大量人力物力的浪费，不仅经济效益不高，而且还有可能贻误工期。

　　在瓦斯隧道的每一个施工循环过程中，瓦斯含量增加幅度最大的工序是在凿眼过程中和放炮之后。

　　这是因为，炮眼可能成为与前面瓦斯层的连接通道，瓦斯会沿炮眼渗漏到工作面乃至整座隧道；而放炮之后，由于突然揭露出大面积的新鲜岩层，有可能使聚集的瓦斯层逐渐或完全释放，致使瓦斯沿围岩裂隙缓慢渗透或大量渗出。

　　瓦斯在空气中的爆炸浓度一般为5%至16%，为了将隧道里的瓦斯浓度降到最低爆炸限度以内，必须实施连续高质量的通风，否则，一旦通风中断，极易造成瓦斯聚积，从而引发瓦斯煤尘爆炸和火灾事故。

可是，当时正遇上云南百年不遇的大旱，电力供应很不正常，一旦工地供电中断，施工岂不陷入危险境地？

两天后，在处指挥部召开的工程会议上，许良元在充分听取了李国华和吴应明等人的意见后，对天生桥高瓦斯隧道的施工毅然作出了如下部署：

第一，根据化整为零、分段施工、区别对待、各个击破的指导思想，将天生桥隧道合理地划分为瓦斯工区和非瓦斯工区。瓦斯工区采用全防爆设备及技术施工，并实施严格的铁路瓦斯隧道管理；非瓦斯工区则采用常规设备和方法施工，按普通隧道管理。总之，在保质保量的基础上，最大限度地降低工程造价，提高经济效益。

第二，因地制宜，突破原设计施工方案，增辟两口斜井，对瓦斯工区实施隔离，利用平行导坑进行超前地质瓦斯探测预报，并与正洞形成巷道式通风，以达到增加作业面，提高工程进度，确保安全和工期之目的。

第三，建立切实可靠的供电系统。具体措施是，从陆良引进一路1万伏高压线作为主电源，从师宗县引入一路1万伏高压线作为备用电源，一旦停电，可通过高压保险盒和油浸开关立即自动接通另一路电源，备置3台24千瓦的柴油发电机，以确保供电及通风万无一失。

  第四，成立以施工四队为主的防瓦斯专业作业队，专门负责瓦斯工区施工，制定相应的规章制度和操作规则。

  丁明德、巩树堂和刘俊扬等领导传阅了许良元等人的施工组织设计报告以后，不禁拍案叫绝，大加赞赏。

  为了确保隧道施工顺利进行，巩树堂还调来了局施工技术处的田荣，以及局中心防疫站的年轻医师王沧州，组成工作组进驻施工现场，开展瓦斯预防和监测工作，并随时对施工队伍进行专业知识指导。

  田荣是从陕西矿业学院毕业的大学生，走出校门后在铜川煤炭建设公司一干就是十几年，长期在矿井下工作，积累了丰富的瓦斯预防经验和知识。

  后来，为了适应铁路基本建设的需要，田荣被作为特殊人才引进到铁路上工作。

  天生桥隧道开工后，田荣在工地一住就是两年，一次也没有回过家。他是一个以黑暗计算生命的人，每天除了吃饭和睡觉，其余时间几乎全在隧道里度过。

  田荣在查阅了大量资料的基础上，结合工地实际情况连夜加班加点，以最快的速度编写印发了天生桥瓦斯隧道施工管理细则。

  田荣对瓦斯及煤层的了解就像一位高明的驯兽师了解自己所驯养的猛兽一样。他目光扫描过的地方，瓦斯找不到任何藏匿的死角。

田荣甚至不用监测器，而是通过呼吸几口空气就能准确地判断出掌子面上的瓦斯浓度。

田荣利用超前钻探法准确地预测到第9、14、17、20和21号煤层将发生瓦斯突出，并指导工人们及时采取预防措施，避免了事故的发生。

工人们都说："田工是瓦斯隧道的保护神，有他在场，我们的胆子就大多了。"

在天生桥隧道工地上，还有不顾肝炎病重，在隧道口连续蹲点指导工作三个月的处级总工吴应明；也有在隧道进口与新婚妻子依依惜别之后，流着愧疚的眼泪走向掌子面的技术员田黎明。

经过艰苦的施工和科学的管理，天生桥隧道终于提前打通了。

奋战在白石山的隧道里

  1993年8月,中铁十四局四处风枪手、老工人刘庆明正战斗在南昆铁路罗平县白石山隧道的掌子面上。

  在铁路建设中,风枪手是一个充满了危险、艰苦的工作。他们常年手持风枪在空气稀薄、潮湿昏暗的掌子面上,伴着震耳欲聋的响声和弥漫的硝烟粉尘艰苦工作。

  刘庆明身体不好,年纪又大了,但他却主动请缨,坚决要求去风枪班。

  这一天,刘庆明收到了一封电报。

  电报是刘庆明的儿子寄来的,这让刘庆明感觉到了有些不正常,心里隐隐产生了一丝不祥的预兆。

  果然,儿子在这封信中带给刘庆明一个让人焦心的消息:

    妈妈病了,请你回家来看看妈妈吧!

  刘庆明虽然心里万分地牵挂妻子的病情,但他更放不下手里的工作。

  当时,白石山隧道正处在赶创百米成洞纪录的关键时刻,而且施工正好遇到了断层带,险情更是常常发生。

  刘庆明想:自己身为风枪班班长,怎么能在这种时候离开工友和抛下手中的工作呢？

刘庆明将电报悄悄地揣在怀里，他想等掘进通过断层岩以后，再回家去照料妻子。

往常，风枪手都是每人操作一台风枪，但刘庆明却一个人操作两台风枪。他把对工作的责任感和对铁路的热爱与对妻子的牵挂化作了双倍的工作热忱。他急切盼望着能早一天打通断层带，自己好早一天回到家照料生病的妻子。

几天后，儿子又给刘庆明发来一封电报：

妈妈住院了。

刘庆明给家里寄了些钱，仍然坚持工作。

8月份，白石山隧道创下了成洞123米的南昆铁路隧道掘进纪录。

刘庆明的妻子张优莲是一位已经有15年教龄的民办教师，两次被评为县里的"优秀教师"，但由于没有文凭，始终没有转正。

为了能让张优莲进修拿文凭，他们节衣缩食，东挪西借，凑足了进修的费用。张优莲每天都学习到深夜，但却三五天都就着一块咸菜疙瘩吃饭。

三年进修期间，他们家经济更是拮据，常常是入不敷出，这使本来就体质虚弱的张优莲终于再也支撑不下去了。她先是患上了贫血症，后来竟然发展到吐血，白血病凶狠地向这个不幸的家庭袭来。

人们用排子车将张优莲送到了医院。她住院后，家里人让她给刘庆明发电报。

张优莲心里的确很希望丈夫此时此刻能够陪在身边，但她多年以来也深深地了解刘庆明，她更知道南昆铁路建设的重大意义，所以不愿让自己的病情影响到丈夫的工作。于是，张优莲把精神和肉体上的痛苦默默地埋在了心里，独自承受着。

张优莲终于拿到了民办转公办的通知，但仅仅过了半个月，她就带着对丈夫的思念和美好未来的憧憬离开了人世。

张优莲去世的时候，她的手里还紧紧地攥着刘庆明给她的信和转正的通知书。她是多么想在临死前再见丈夫一面，和他一起分享这些年辛苦拼搏得来的幸福果实啊。

队里接到刘庆明妻子病逝的电报时，刘庆明正在掌子面上奋力战斗着。

领导和工友们硬把刘庆明拽出了隧道，把这个不幸的消息委婉地告诉了他。

刘庆明眼含热泪，他心急如焚地往家赶。但他还没进到村里，就发现了村外山坡上妻子的新坟：妻子已经入土为安了！

刘庆明最终没有见到妻子最后一面，他回到家里，空荡荡的屋里最明显的只有桌上的那个笔记本，上面记着他们 4600 元的欠债。

刘庆明心痛不已，愧疚万分，他跪在妻子的坟旁肝肠寸断，从晚上一直守到第二天黎明。

等刘庆明的情绪慢慢稳定下来之后，他又想起了工作，在家里仅仅待了不到半个月，就再也待不下去了。

刘庆明将儿子交给姥姥照看。

返回工地前，儿子拉着刘庆明的手，泣不成声地说："妈妈已经没有了，你不要再走了！"

刘庆明看着儿子，眼里也不由得溢满了泪水。但他想到隧道还没打通，自己不能临阵逃脱，硬是把孩子塞到姥姥怀里，一步一回头地返回了工地。

指挥南昆铁路铺架工作

1993年9月8日,南昆铁路建设的号角吹响了,中铁十一局铺架指挥长谢建国从悲痛中惊醒:又要踏上新的征程了。

谢建国方方的脸庞,满脸络腮胡子,魁梧而又敦实的身材显示了一个军人的气概。这位前铁道兵是从宝中铁路铺架前线调到南昆线,负责从昆明到贵州威舍站318千米的铺架指挥工作的。

就在谢建国奋战在宝中铁路之际,居住在十堰市家中的妻子钟鑫在下班途中,不幸被车撞伤。

消息传来,谢建国如五雷轰顶!这个打击对他实在是太残酷了,他感到愧对相濡以沫的妻子。

谢建国的妻子钟鑫是一个聪明贤淑的女性,1983年大学毕业后,她为了支持丈夫献身铁路建设事业,辞去很好的工作,来到了十堰。

而谢建国因为终年东奔西跑,夫妻难得相聚在一起。

钟鑫因重度开放性颅脑外伤合并出血性休克,在医院整整昏睡了56天。

回到家中,钟鑫默默地坐在沙发上,嘴里虽然说不出话,但她心中却十分清楚:丈夫又要出发远征了。

当时,钟鑫吃饭要人喂,走路要人背。她实在离不开自己的丈夫，他现在不仅是她生活的依靠，更是她精神上的支柱啊！

钟鑫扑上前去，她死死抱住谢建国的提包，泪水夺眶而出。

谢建国也心如刀绞！但谢建国强压悲痛，装出一副没事出门走走的样子，空着手先走出家门，然后让同事将提包悄悄拿出来，随后就上路了。

钟鑫发现丈夫不见了，禁不住失声痛哭，孩子也随着一起哭……

1993年第三季度，离基地建设竣工为期不远了，恰好遇上云贵高原阴雨连绵，场地一片泥泞，机械施工陷入困境。

为了加快施工进度，确保按时铺轨，谢建国决定采用人工装卸倒运，指挥部人员全部参战。

他们不分白天黑夜，做到车到人到，随到随卸，每天一干就是十几个小时，整整奋战了两个多月。

当时，大家的衣服磨破了，肩膀压肿了，指挥部的几个小姑娘累得躲在一边偷偷地流泪。

谢建国作为指挥者，他既要指挥，又要规划、运筹，身上的汗水、油污一点也不比工人少。

谢建国的嗓子喊哑了，面容消瘦了，但他依然奋战在工地上。渴了喝口凉水，饿了啃块馍，困了打个盹儿，胃痛犯了就吃点止痛药，药不管用，就只好硬挺着。

尽管铺轨日期一再提前，但基地终于如期建成了。

1993年10月，铺轨基地建成投入试生产。11月1日10时，南昆铁路西段比铁道部一再提前的计划还提前一个月投入了铺架。

铺轨工成年累月地随着宿营车南北转战，被人们称为住在"大篷车"里的"吉普赛人"。

机车旷日持久地向前方运送铁路建设物资，所以宿营车很少有停下来的时候。

只有在两种情况下才停车，一是加水加煤，二是检修机车。而停车时间很短，停车地点又往往是偏僻的地方，远离村镇集市，无法买到新鲜的蔬菜，因此咸菜就成了宿营车上的必备菜，总是一大袋一大袋地往车上装。工人们天天就着咸菜下饭。

机车上的乘务员干的是又脏又累的活，他们一班就连续干12个小时，而且中间不能休息。无论春夏秋冬，他们都必须站在熊熊的炉火前，忍受着高温的炙烤，不停地往炉膛里加煤。一铲煤有十几斤重，还要均匀地撒在炉膛里，撒不均就燃烧不好，快了慢了都不行。

因此，乘务员常常累得汗流浃背，如果赶上上坡，那更要不停地加紧加煤。

工人们检修机车的时候，一钻到机车底下就是几个小时，等到出来的时候，他们全身上下都是油污。

遇到摇炉的时候，必须将炉膛里的炉砟清理干净，等干完这一切，人也就成了灰人，不仅身上、脸上、头上全是灰，就是嘴里、鼻孔里、耳朵里也塞满了灰。

而且，寂寞更是时常伴随着他们，宿营车常年在山沟旷野里穿行，时常前不着村，后不着店，远离了世间的繁华，尤其是年轻人，面对这种情况，的确感到了超常的考验。

车上也没有任何娱乐活动，他们对窗外的风景也都司空见惯，没有一点新意了，但又不能睡上一整天，大家感觉真像困在笼里的老虎。

实在寂寞难耐了，他们就会对着大山旷野吼上几嗓子，聊以发泄一下心中的烦闷。

在架设西线特大桥皂角村大桥的时候，当巨大的架桥机从七甸车站开往桥头时，由于路基曲线出现反超高，架桥机突然脱轨掉道。

前方指挥所立即动员救援抢险，经过一个多小时紧张激烈的拼搏，架桥机才又爬了起来，避免了一起重大事故。

在老猫村2号桥工地，当工人们把2号车上的一片14吨重的钢筋混凝土梁全部喂进1号车时，只听"咔嚓"一声，3号墩垫石被压碎，巨大的梁体开始倾斜，一场机毁人亡的事故即将发生。

在这千钧一发之际，没有一个人贪生怕死，没有一个人临阵脱逃。他们在与死神搏斗：松钢丝绳、退梁、架桥机收臂，一切都在紧张有序地进行。

经过半个多小时的生死较量，架机保住了，工人们的生命保住了。

子午河大桥是中国铁道建筑总公司系统铺架的第一座"柔性墩"大桥。"柔性墩"是铁道部的科研攻关项目。

当时，柔性墩壁只有80厘米厚，架桥机对位时，可以感到墩身明显摇摆。而且正赶上云南高原气候反常，气温降到零下七八度，而且还有冻雨飘飘洒落，钢轨上结了一层厚厚的冰，道砟像冰糖葫芦，滚圆溜滑，在这种条件下进行探索性铺架困难很大。

为防止车轮打滑，工人们用喷灯把钢轨上的冰层烤干，撒上沙子；对位时，架桥机在10米内停3次，缓慢对位，以确保安全。

然后，工人将袋绑在鞋上，从80厘米宽、57米长的铺轨机上爬到另一个桥墩上，站立在桥墩上作业。

只用3天时间，子午河12孔桥梁胜利架通，并创下了日架"柔性桥"4孔的好成绩。

二排坡隧道建在一段曲线上，给铺轨带来诸多不便。隧道里通风条件差，蒸汽机车的浓烟和油机的烟雾混在一起，散发出一种极为难闻、令人作呕的气味，隧道里浓烟弥漫，能见度不到两米。

但是，铺架工在隧道的浓烟异味中一干就是十几个小时。当实在支撑不住的时候，大家就趴在隧道的排水沟里吸几口潮气；晕倒了，抬到隧道外作几次呼吸，醒来后又勇敢地冲进隧道。

昆明南站作为南昆铁路西段铺轨架梁基地，所有原材料都在这里进行轨排组装，所有预制桥梁要在这里倒

● 施工建设

装存储。基地占地46.8公顷，铺设12股轨道。

开工以来，300多名工人奋力拼搏，工人们忙时一天工作12小时。

1996年2月，工人一天生产轨排159排，打破了154排的全国纪录。

正是他们高速度的配轨，保证了钢铁巨龙向前快速延伸。4月7日，中铁十一局三处创下了3天铺轨5300米的全国纪录。紧接着，4月8日，又以5850米的长度打破了前一天刚创造的全国新纪录。

1996年4月6日，铺轨工正在铺设平县以国城2号桥的时候，突然暴雨降临，冰雹如块石落下，雷电交加，天空一片混沌。

铺轨工人站在高高的桥墩上，他们被风吹得东摇西晃，冰雹砸在大家的头盔上叮当乱响，雨水迷漫，人们双眼模糊，随时都有掉下桥墩的危险。

但大家并没有因此而停工，他们在雷雨冰雹中坚持继续铺架。

这一班，他们一气呵成，奋力拼搏，竟然连续架梁3孔，比平时的定额还超出两孔，工人们都高兴地说："这回老天低头了。"

谢建国曾写过一副对联以明心迹：

举杯邀月，恕男儿无情无义无孝；
献身铁路，为铺架尽职尽责尽忠。

英勇献身高瓦斯隧道

1994年6月30日,被沉重的胃溃疡折磨得痛苦不堪的林书明,正躺在床上输液,枕头边忽然响起了电话铃声。

这是林书明平时工作用的电话机,为了便于及时掌握隧道里的情况,白天他将它放在办公室,晚上睡觉时他又将它搬到隔壁宿舍的枕头边。

林书明一把抓过话筒。

耳机里传来工人陈志顺着急的声音。陈志顺告诉林书明,队里唯一的一台强制式拌和机出故障了,他们已经修了半个多小时,但怎么也鼓捣不好,不知道毛病出在哪里,打灰被迫停止。

林书明生气地问:"怎么不早报告?"

林书明啪的一声扣掉电话,正待起身,却被医生周峰死死摁住。

周峰说:"老林,你病得很重,你已经一个多月没有好好吃一顿饭了,按理说早该去大医院住院治疗,现在即便是天马上要塌下来,你也得坚持给我把这瓶液输完。"

可是,林书明无论如何也听不进周医生的劝阻。队里的事情他心里清楚,现在他如果不亲自出马,那几个在修理技术上半生不熟的弟兄是弄不好那堆铁疙瘩的。

当时,隧道里一刻也不能停止气密性混凝土生产,平导还未进入煤层时,就已经响起了瓦斯警报,而现在揭煤已经开始,隧道里随时都可能有瓦斯渗出,复合式衬砌必须紧紧跟上,哪怕是中断一分钟,都会增加一分危险。

林书明说:"老周,事不宜迟,明天再说吧!"

林书明一把扯下针头,心急火燎地奔出了房门。

姜还是老的辣。林书明到现场一检查,原来是电动机线圈出了毛病。不到半个小时,"趴窝"的搅拌机又重新工作了。

林书明打着手电在隧道里转了一圈,仔细地将每一台设备都做了检查。他发现提升架的绞车底座不够牢固,就抓住一根松动的螺纹钢,让青工苟余佑帮助固定。

苟余佑刚刚抡起八磅锤,耳际忽然传来了嘟嘟的报警声,不禁心惊肉跳。

随着"啊"的一声惨叫,苟余佑发现自己将铁锤重重地砸在了林书明的手上。

林书明顾不得钻心的疼痛,呼地站起身来,用左手捂着受伤的右手,往闪烁着红色信号的瓦斯警报器奔去,正好与迎面奔过来的瓦斯监测员林显华撞了个满怀。

林显华紧张地汇报:"副队长,不好了,掌子面上的瓦斯浓度突然上升到 5.2%。"

林书明立即命令:"马上给我将所有电源切断!"

情况万分危急，洞子里随时都有发生大爆炸的危险。林书明一边果断地下达命令，一边挥舞着受伤的手掌，指挥大家迅速撤出隧道。

当苟余佑看见林书明最后一个走出 2 号斜井，连忙跑过去，拉起他的手一看，只见林书明的右手拇指已经被砸碎，一片血肉模糊。

苟余佑说："副队长，我真该死，我找辆车送你去陆良医院吧！"

林书明说："在这节骨眼上还顾得上去医院？真是胡扯！还不赶快往昆明打电话给高队长报告险情？"

苟余佑刚转过身，背后传来"呲"的一声脆响，他回头一看，只见林书明用牙齿从衣袖上撕下一块脏兮兮的布条，胡乱缠在受伤的右拇指上。

望着眼前这位瘦骨嶙峋的汉子，苟余佑不禁两眼模糊。

苟余佑想起两个月前，自己下大夜班时，感觉到又累又困，在弃砟场边的草地上坐了一会儿，没想到竟然睡着了。

当苟余佑在一阵阵钻心的疼痛中惊醒，发现月光下有一条软绵绵的东西在他的脚边蠕动。他顿时魂飞魄散。

高兆华和林书明得知他的右手被毒蛇咬伤，心急如焚地轮换着开车赶了 50 多公里山路，连夜将他送进了陆良县医院的急诊室。

当林书明得知苟余佑的右手可能要被截肢时，和队长一起含着眼泪请求医生，无论如何也要保住这位小青年的手。

此刻的苟余佑想："现在，自己的右手安然无恙了，然而副队长的右手却又被自己砸残了。"

想起这些，苟余佑的眼泪像断线的珠子一样哗哗地流了下来。

林书明呵斥道："哭啥，不就砸着一个手指吗？不打紧，反正里面又没有肠子。"

顽强的事业心和高度的工作责任感，使林书明忘记了自己的劳累、疾病和伤痛，他和吴怀杏工程师一起，一面指挥通风机排放瓦斯，一面连夜带领大家为下一步的施工做准备。

第二天上午，当高兆华闻讯昼夜兼程赶到工地时，掌子面上已经重新响起了机械的轰鸣声。

7月5日，高兆华因急事出差去福建，由林书明代行队长职责。

林书明感到自己肩上的担子和责任更加重大了。他在全面主持队里工作的这段时间，做了许多建设性、创造性的工作。

为防止静电火花的产生，确保施工万无一失，林书明让上岗的工人全部换上棉工作服；带领大家将矿车的两端全部装上橡胶碰头；将拆模和铺道时使用的铁锤全部换成木槌；装砟之前先用水将其全部浇湿；放炮时用水炮泥严密封孔，并在装药时加入少量食盐。

林书明初中毕业后曾跟随父亲在煤矿干过几年，他知道食盐可以做消焰剂，还能吸收热量，降低爆炸气体的温度。

总之，林书明心里清楚，在死神的鼻子底下干活必须格外小心，绝不允许任何一个环节冒出一星半点可能导致瓦斯爆炸的火花。

林书明对施工的组织指挥是科学而又严谨的，也是卓有成效的。

死神虽然没有在无懈可击的施工组织指挥中找到任何可钻的空子，然而它却反过来在林书明虚弱的身体上寻到了危险的突破口。

就在高兆华离队的第二天，林书明突然感觉到自己的身体不怎么听使唤了。除了胃病继续折磨着他以外，他觉得身上好像又增加了一种说不清的病。他老是虚汗淋漓，四肢疲软，头晕眼花。

一次，林书明上厕所时，竟然栽倒在地上，头上碰了一个大紫包。林书明，这位用特殊材料做成的钢打铁铸般的汉子，终于让病魔给扳倒了。

7月8日，随着一声沉闷的巨响，一场突如其来的大塌方噩梦般地降落在四队施工的平导煤层，坍塌物长15米，高30余米，几乎通了天，隧道掘进又一次严重受阻。

望着墙上一天天逼近的工期，躺在病床上的林书明忧心如焚，又平添了一块沉重的心病，嘴唇上急起了一圈厚厚的疱疹。

林书明几次试图将针管拔掉，但却被周峰坚决制止了。在他的苦苦哀求下，周峰实在没办法，只好叫来两名工人，自己举着药瓶，让他们将林书明从床上抬起来，架着他一步步走进隧道。

嘈杂的掌子面上，空气突然在一瞬间凝固了。看着林书明，岩石般的男人群中传出了低沉的哭泣声。在这惊天地、泣鬼神的雕塑面前，顽固的岩层战栗了。

7月16日，一辆白色救护车将林书明送进了昆明医学院附属医院。

局处两级指挥部的领导闻讯后纷纷前往医院探望，并要求院方不惜一切代价予以抢救。

然而，已经太晚了，由于右手负重伤后，未及时住院治疗，加之疾病缠身，劳累过度，身体免疫力严重下降，罪恶的病毒从创口乘虚而入，污染了他的血液，并随之流遍了他的心脏和全身。

1994年7月18日上午11时整，林书明的心脏因败血症永远停止了跳动。

就在林书明病逝后的第五天，护送他到昆明就医的林希斌在处理完他的后事之后，回到了天生桥高瓦斯隧道工地，全队顿时陷入巨大的悲痛之中。

林希斌来到队部，将一个沉甸甸的信封交给了工程师吴怀杏。

吴怀杏连忙拆开一看，原来是林书明在去世前3个小时用圆珠笔书写在病历纸上的一封信。

信中写道：

吴工：

最近队长不在家，我这臭身体又不争气，队里的担子就全部落在你的肩上了。我虽然离开工地只有两天，但我觉得好像有两年了，真希望早点回到大家身边。这两天，我在病床上怎么都睡不着觉，队里的一些事情，我一直放心不下，现把它们逐条写下来转交给你，请你好好抓一抓：

一、平导塌方我走时虽然快处理完了，但随时都有重新坍塌的危险。每次进洞前要先搜一搜四川那个大烟鬼的衣服夹层，上次高队长就曾经罚过他五十块，隧道里绝对不许抽烟。安全员一刻都不能脱岗。你带领大家干活时千万要当心！

二、质量问题不能放松，尤其是打灰，附加剂一定要精确，捣固要注意死角。破损的塑料板坚决不用，要把好复合衬砌这一关。

三、弟兄们最近很辛苦，食堂饭菜质量安排好一点，可考虑在山下村子里买头猪给大家改善改善。

四、最近新招聘的那个徐正雄不知你熟不

熟悉？也是你们湖北佬，脾气很冲，不大服气人，但技术全面，尤其精通电工，我走后机械方面修修补补的事全靠他了。要团结他，安排工作时要注意说话口气。我暂时想到这么多，请你再考虑考虑还有没有别的亟待解决的问题。

好兄弟，拜托你了！我会回来的。

林书明

七月十八日上午八时于昆明

林书明，这位筚路蓝缕、英勇悲壮的开拓者，他永远不会回来了。

在林书明辞世之前，他没有来得及给日夜牵挂着他的父母和妻儿留下一句遗言，然而，却为他的工友们留下了这样一份震撼人心的遗书。

这是用热血和生命写成的人生答卷，这是林书明在中国铁路建设史上留下的千古绝唱！

1995年4月3日，天生桥瓦斯隧道2号斜井弃砟坪上，一座用杜鹃花制作而成的巨型彩门，高高地矗立在深山峡谷之中。

在那壮丽的环形火焰的辉耀之下，笼罩着古老山脉的重重历史迷雾顿时烟消云散了。喷薄而出的红日，像一枚光芒四射的勋章庄严地高缀在瓦蓝的天幕上。

经过参战职工两年多的艰苦奋战，顽强拼搏，天生桥隧道在全线高瓦斯隧道中提前 47 天率先贯通了。这是三处继白土山隧道作为两千米以上的长大隧道在全线提前半年率先贯通之后,在南昆铁路大会战中创造的又一个辉煌的奇迹。

在隆重的祝捷大会上,一群新闻记者对好了时代的焦距。一部部凝神屏息的摄影机伸长了脖子,瞪圆了眼睛。

9 时,一队威武雄壮的开山工戴着黄色安全帽,身着蓝色铁路服,迈着整齐而有力的步伐走出了隧洞,走进了辉煌的杜鹃门。

在这股钢铁巨流的后面,幽深的黑暗被远远地抛弃了,横卧的山脉在颤抖中遁退着,缓缓地向地平线沉落。

林书明那舍生忘死,披肝沥胆,为祖国的繁荣富强顽强拼搏、无私奉献的精神,将与青山永在,与碧水共存,与日月同辉!

攻克隧道大溶洞难关

1994年7月16日深夜，随着白石山隧道掌子面上一声巨响，大家都惊讶地发现，竟然炸出了一个黑咕隆咚的大溶洞！

大家发现，这个溶洞上不见天，下不见底，深邃幽暗，无头无尾。

有经验的老工人初步估计了一下说："这个洞大概有40多米高，30多米宽哪！"

大家同时注意到，在这个大溶洞的周围，还有像蜂房一样紧密相连的溶洞群，它们交叉错落，就像一个隐藏在山体里的"百慕大"，这在世界铁路隧道建筑史上可是绝无仅有的。

中铁十七局四处十一队队长黄太健与大家商量："我们现在面临着两难的选择。如果按照常规，就必须放弃旧线，另外开辟新的线路，但是这样一来，前期已经完成的大量工程就要完全报废，已经投入的大量资金也就打了水漂。更重要的是，这样会造成工期拖延，影响全线通车。"

黄太健接着说："但要想通过溶洞，按原线进行，则必须付出巨大的劳动。"

大家商量的结果，还是按原定路线考虑为主，先探一下洞再说。

关键时刻，黄太健带领着一位技术人员和两名青年工人深入溶洞进行探险，以求掌握第一手材料，从而决定施工方案。

黄太健 1978 年参加铁道兵，与隧道打了十几年交道。他深知此行前途险恶，生死难料，就特意在出发前给妻子写了一份"遗言"，并锁进了办公桌的抽屉里。

他们带了一大袋馒头和榨菜，每个人腰上都系上安全绳，4 个人串成一串，向溶洞深处进发了。

黄太健走在最前面，他手持长筒手电，并用对讲机随时与洞外取得联系。

他们看到，溶洞内怪石横生，暗河奔涌。

向上看，石笋如锥，作势欲扑，而且周围还悬挂着大量摇摇欲坠的危石。

再看脚下，到处都积淀着千万年的淤泥，陷阱密布，步步危机四伏。

大家每向前一步，都必须小心翼翼，随时提防。

他们在溶洞里向前摸索着走了 6 个小时，有两公里左右，但仍然看不到一丝光亮。

手电的光芒越来越弱了，他们带的馒头也都吃光了，大家不得不停下了前进的脚步，计划返回。

返回途中，黄太健由于过度劳累，突然感觉头晕，随后一头栽进了脚下的一个溶洞里。

旁边的一位工友眼疾手快，立即拽住了绳子，3 个人七手八脚地把黄太健拉了上来。

事后经过探测，当时黄太健跌入的那个溶洞里沉淀着浓度极高的大量的一氧化碳，一旦被搅动，就会像巨蟒一样盘旋上来，只要人吸入一两口，就足以致命。

黄太健自己庆幸地说："我与死神握了一次手。"

他们的心血终于没有白费，初步掌握了溶洞的走向和结构，为下一步施工提供了第一手资料。

上级根据这些资料，决定科技攻关，并作出相应的针对性措施，共制定出12项技术措施和"排除危石，加固洞壁，清除淤泥，洞中筑洞"的施工方案，迅速打开了施工的局面。

随后，大家对大溶洞发起了艰苦的进攻。除了溶洞群以外，断裂带、极端风化石质等地质情况也层出不穷，塌方频繁出现，几乎每天都要面对这样的险情。

黄太健身为队长，根据隧道的特殊石质结构，制定了施工网络图。

黄太健为了随时掌握现场上错综复杂、千变万化的情况，能够随时随地处理各种新发事件，他一时也不离工地，在施工的紧张时期，他更是整天待在隧道里。

隧道工地距离营房还不到100米，但大家吃饭、睡觉都很少回营房。

黄太健每天跟3个班，实在熬不住的时候，他就到隧道中的避车洞或调度室里打个盹儿。

1994年初至1995年底，整整两年时间，黄太健由于施工紧张，他每天只睡4个小时。

在黄太健的及时关注下，隧道掘进中共发生了125次大塌方，但都因事先防范而避免了人员伤亡和经济损失。

工人们都说："只要黄太健在掌子面上一站，我们就有一种安全感。"

会战整整3年，黄太健没有回过一次家。母亲病重住院，他没有回去。家中的房子发生危险，山墙还要靠木棍支撑，他也顾不上回去修缮一下。

黄太健在施工中总是身先士卒，工人们把他称为"永动机"。

有一次，黄太健的脚底被铁钉扎伤了，他只是简单地包扎了一下，就又进入了隧道，依然在工作面上来回奔波着。

由于睡觉的时候也不脱鞋，过了一周后，黄太健的鞋子竟然脱不下来了，原来是脚底的脓血和泥沙结成硬痂，把鞋底和脚底板牢牢地粘在一起了。

1994年11月25日，有3名工人被一次突然发生的大塌方堵在一处狭窄的洞穴中。洞里纵横交错的石块死死地咬住了工人们的衣服，而洞里还不时有石块纷纷落下来，情况万分危急。

黄太健非常了解洞里的情况，他立刻决定，从隧道侧面的一个溶洞选择最适应的突破口进入洞里，用电工刀割断工人身上的皮带和衣服，将他们救出来。

大家依计而行，只用了半个小时就把3名工人救了出来，除了赤裸着身体外，安然无恙。

最后一名工人刚刚被救出来，碎石就像冰雹一样落了下来，将那个洞穴填得严严实实的，大家都不由得惊出了一身冷汗。

1994年12月6日深夜，施工正进行到最紧张的时候，忽然一车出砟矿斗车失去控制，直向几个背对出砟车的工人猛冲了过去。

那几个工人正在紧张地忙碌着，丝毫没有察觉，而掌子面上各种噪音非常大，他们也根本听不见别人的喊叫。

就在这万分紧急的时候，黄太健大喊一声："快躲开！"同时他一个箭步冲上前去，一把将两个出砟的工人推到了一边。

工人获救了，但黄太健却撞在一台凿岩机上，左小臂造成粉碎性骨折。

师宗县医院就在工地附近，但医疗条件不高，当时需要往断臂里植入钢夹板，找遍医院库房却找不到所需的三颗螺丝钉。

后来找来两颗急用，但上面已经生满了铁锈。

事情紧急，医院只好将两颗螺丝钉植入断臂。

黄太健返回工地后，一天也没休息，就又出现在掌子面上。

医生曾反复叮嘱黄太健，9个月后要去拆夹板，但这时隧道里又遇到了施工上的麻烦，山体移动使隧道出现多处病害急需处理。

黄太健想：往返医院一趟就要两天时间。他放不下工地的工作，就没有按时去拆夹板。

等工作告一段落后，已经是约定时间的半年之后了，而且由于平时他没有加强自我保护，导致伤处发生了炎症，局部化脓，手部严重扭曲变形。

黄太健受伤后，由于生活无法自理，他的妻子就从四川老家来工地照料他。

黄太健的妻子在老家是顶梁柱，上要服侍老人，下要照料孩子，还要种责任田，全靠她一个人承担。她这一来工地，家里就乱了套，老人也没有人管了，地里也长满了荒草，两年内家里就损失了1万元。

有一次，妻子偶然之间在抽屉里发现了黄太健他们进入溶洞探险时写的条子，她打开一看，上面写道：

我们打隧道遇上了大溶洞，为了工友的安全和工程进展，我得下去看看，如果我回不来，你不要太悲伤，只管去寻找自己的幸福吧！把咱们的孩子养大就行了，但愿不要再嫁筑路工，我永远为我的职业自豪，可你为我承受了太多的责任和痛苦。

妻子看完这张条子，抚摸着黄太健的断臂，大哭了一场,她一边哭一边说:"这张'便条'咱们永远留着。我嫁给了你,就是嫁给了铁路,我也是铁路上的人。"

长年累月的超负荷运转,沉重的工作和心理压力,使黄太健的精神始终处在高度紧张的状态,他耗费了无数的心血,刚到白石山时的满头黑发,不到两年竟然已经白了一半。

第三年隧道提前半年建成的时候,黄太健已经是满头白发了,但当时他却只有 31 岁。

但对这一切,黄太健无怨无悔。

国家领导人视察南昆铁路

1996年10月31日，正当南昆铁路决战进入最后攻坚的关键时刻，国家主席江泽民在考察扶贫工作时，风尘仆仆地来到广西百色，实地考察南昆铁路工程建设情况。

江泽民在南昆铁路建设工地，他进车站、下工点、入隧道、视察大桥工地。

江泽民听取了铁道部南昆建设指挥部、铁二局、铁二院等单位的汇报，亲切慰问施工一线的铁路职工，详细了解了设计施工、科技攻关、安全质量、工程进度、水文地质等情况。

江泽民还视察了铁二局施工的永乐1号隧道，那蒙2号、3号大桥和百色火车站，对铁路建设者在这样艰苦的条件下修建具有这种先进水平的山区铁路干线表示满意。

江泽民高度赞扬了南昆铁路建设者不怕艰险、顽强拼搏、吃苦在前、无私奉献的精神。他满怀深情地说：

> 我感谢你们，感谢广大的铁路职工。你们在这样艰苦的条件下辛勤劳动，进行非常艰巨的工程建设，为祖国的铁路建设作出了重大贡献。

江泽民再三叮嘱陪同视察的领导，转达他对广大建设者的亲切问候。他要求各单位：

广泛宣传铁路建设者这种艰苦奋斗的精神面貌。不仅要面向全路宣传，而且要面向全国，让他们的事迹和精神载入历史的档案，以此去鼓舞人民、教育人民，让这种精神一代一代地继承下去，发扬光大。

江泽民指出：

宣传铁路建设的创业精神和光辉业绩，就是增强凝聚力，增强全国人民建设有中国特色的社会主义的决心和信念，让人民了解祖国的建设者们是为人民办大事、办实事和办好事的，让人民了解党中央、国务院作出修建南昆铁路这一重大决策是非常正确的。

江泽民希望沿线各省区抓住兴建南昆铁路的机遇，加快贫困地区的经济发展和社会进步。

考察结束后，江泽民欣然命笔题词：

建设南昆铁路，造福西南人民。

李鹏总理在考察时指出：

　　使广西尽早成为大西南的出海通道，其中关键的环节是加快修通南昆线。

李鹏还挥笔为南昆铁路题词：

　　建设大通道，开发大西南。

朱镕基副总理感慨地说：

　　南昆线太重要了，对支援少数民族地区经济发展，开辟西南通道，意义都非常重大。

朱镕基要求：

　　"八五"期间尽可能多修一点，这对广西经济发展和贫困地区的脱贫致富有决定性意义，对云南、四川、贵州都有积极作用。

邹家华副总理也说：

　　南昆铁路是西南地区走向外向型经济的一

个非常重要的通道，要摆在整个地区发展的重要地位来考虑。

邹家华还为南昆铁路题词：

建设南昆铁路，振兴西南经济。

中央领导的高度重视，为南昆铁路建设提供了切实保障，激起了筑路大军的高昂斗志。

大家在中央领导重要指示精神引导下，奋力拼搏，大大加快了我国"扶贫第一路"南昆铁路的建设。

四、开通运营

● 1997年3月18日9时38分,南昆铁路最后两节轨排连接完毕,国务院副总理邹家华宣布:"南昆铁路全线铺通。"

● 韩杼滨说:"建设南昆铁路是党中央、国务院为加快中西部地区发展作出的重大决策,对于开发沿线资源,促进西南经济发展具有重要的战略意义。"

● 和志强在讲话中说:"南昆铁路的建成,有利于云南扩大对外开放……对云南经济发展、社会进步都将产生重大影响。"

南昆铁路举行通车庆典

1997年3月18日9时38分,当南昆铁路最后两节轨排连接完毕的喜讯从贵州八渡接轨现场传来时,国务院副总理邹家华宣布:

南昆铁路全线铺通。

至此,大西南各族人民盼望已久的"梦中之路"终于变成现实,大西南有了一条走向世界最便捷的出海通道。

李鹏总理参加了在广西百色举行的南昆铁路全线铺通庆祝大会,并发表了重要讲话。

国务院副总理邹家华,以及国家计委、铁道部、电力部、国家开发银行、国家土地管理局和云南、贵州、广西三省区的负责人出席大会。

南昆铁路的胜利铺通,标志着我国在险峻山区修筑铁路和建设桥隧的科学技术进入世界先进行列。

铁道部部长韩杼滨在会上讲话。他说:

建设南昆铁路是党中央、国务院为加快中西部地区发展作出的重大决策,对于开发沿线资源，促进西南经济发展具有重要的战略意义。

滇、黔、桂三省区领导分别在会上发言。

和志强在讲话中说：

> 南昆铁路的建成，有利于云南扩大对外开放，有利于缓解云南出省物资运力严重不足的局面，有利于促进云南东部岩溶地区的脱贫步伐，有利于加快铁路沿线以矿业、旅游为主的资源开发，对云南经济发展、社会进步都将产生重大影响。

修建南昆铁路是党中央、国务院的一项重大战略决策，对加快西南地区经济发展、社会进步，增进民族团结，缩小东西部差距，具有十分重要的意义。

西南地区资源丰富、人民勤劳，但因交通闭塞等原因，经济发展和人民生活水平提高还不够快。

南昆铁路的建成，改善了路网布局，不仅是西南与华南沿海间最便捷的通道，而且将与钦州湾上的钦州、防城港、北海以及雷州湾上的湛江港一起，构成一个出海大通道，从而把地域辽阔、发展潜力巨大但无出海口的西南内陆，与有绵长海岸、交通发达的华南地区连接起来，形成"背靠大西南，面向东南亚"的格局，为大西南的资源开发和从根本上改变贫困落后面貌起到了促进作用。

6万名铁路建设者发扬"为造福人民勇于攻难克险，甘愿吃苦奉献"的精神，精心设计，科学施工，风餐露宿，日夜奋战，终于提前完成了全线铺通任务。

在庆祝大会上，铁道部决定：

授予铁二局一处八队等51个单位"南昆铁路建设先进集体"称号，授予汪攀登等497名职工"南昆铁路建设先进个人"称号。

南昆线带动西南经济大发展

20世纪初,孙中山的《建国初略》给沉睡了千百年的西南穷乡僻壤一个梦富的轮廓,只有共产党领导下的国家才给人民圆了这个梦:一条铁路,引发了沿线经济结构的大调整,西南人民由此走上致富的快车道。

早年,孙中山先生虽有宏愿,却因财力不济而罢手。

代表人民根本利益的党中央和国务院果断地在大西南的贫困山区,画下了重重的一笔,于是有了"中华扶贫第一路"。

有路才能兴业。正是因为有了这条路,人们致富的梦想才敢迈出踏实的大步。柳州铁路局所辖南昆铁路沿线地、市展开了依托南昆铁路发展"通道经济"。

在贵州黔西南布依族苗族自治州,这个矿产资源极其丰富的聚宝盆,被誉为中国第二个"金三角"。他们围绕南昆铁路,构建"沿线经济走廊,富民升位",形成"大区位、大通道、大资源、大市场"的格局,重点建设了一批各具特色的小城镇,打破了城乡分割的二元格局,使之成为最具活力的经济增长点。

在百色革命老区,实施"以南兴市,借路兴百"的发展战略,构建了"一轴两翼"经济开发带,建立起山区的现代工业走廊,培育起铝电、林纸、特色农业、加工、旅游等的产业链。

当地人说:"南昆铁路给这块富饶而贫困的土地带来了希望。"

朱镕基也曾表示,南昆铁路的通车,对百色扶贫有着重要意义。

沿南昆线,几个全国最大的33万亩杧果生产基地、54万亩蔬菜基地、30万亩速生桉基地、20万亩八渡笋基地、12万亩茶叶和10万亩龙眼生产基地,一派生机勃勃的景象。平果铝成为我国最大的铝业基地,被誉为"亚洲第一铝"。

被人称之为"火车驮来的城镇"威舍,南昆铁路建成前还是滇黔边界上一个人烟稀少的小镇,这时,它已经成了热闹非凡的商埠。

威舍镇镇长说:"1992年,小镇面积1平方公里,2001年达到6.4平方公里,1992年的财政收入是42万元,到2001年的财政收入达到1398万元,增长33倍!"

在中国铁路史上,建好一条铁路后引导物流、培育市场需要有一个过程,而南昆铁路如同导火索,火车隆隆声如同号角,引爆了黔、桂"金三角"的大开发,唤醒了枕戈待旦奔富裕的斗士。

平果"铝都"拔地而起,百色老区的杧果、蔬菜等基地的年产值就达20多亿元,这个作为全国最大的集中连片的贫困区之一,提前两年实现国家"八七"扶贫攻坚计划,贫困人口已经由233万人减少到19万人,农村的人均收入由"九五"期间的909元增加到2001年的1258元，财政收入更是迅速递增。

黔西南州的"沿线直廊经济"成果丰硕，2001年全州完成国内生产总值67亿元，在1980年的基础上翻了近五番。

人民生活水平明显提高，到2001年农村居民人均收入1420元，比"八五"末增加447元，城镇居民人均可支配收入4970元，增加1820元，农村贫困人口温饱问题基本得到解决，黔西南州以县为单位整体越过温饱线。

随着南昆线物流、信息流的东出西进，各地市除了把资源优势转化成经济优势之外，就连千百年来脸朝黄土背朝天苦苦耕作的山区农民，也在"劳力输出、赚钱致富"的观念上来了个大转换。

2001年的春运，仅从百色和兴义站就发送了16万农民外出打工，他们将为贫困的山区带回信息、技术和财富。

南昆铁路的开通运行，加快了西南省区西部大开发的步伐，沿线地区又迎来了一个极好的机遇期，国家也依托南昆铁路把建设南、贵、昆经济带纳入"十五"规划中。

黔西南州和百色老区将在新的起点上，跟上全国全面建设小康社会的步伐。

在"十五"期间，百色将沿南昆铁路轴线两翼山区的现代工业走廊建成并完善，做大做强了"水电—铝电

—林纸—特色农业—加工—服务—旅游"的产业链。

以右江河谷率先全面建设小康社会为龙头,带动南北两翼山区致富奔小康。

黔西南州要实现五大战略定位:一是建成滇、黔、桂、粤经济区域的重要通道枢纽;二是建成"西电东送"的重要基地之一;三是建成中国西线旅游的一颗明珠;四是建成珠江上游重要的生态屏障;五是建成祖国西南重要的生物资源宝库。

作为西南出海大通道的主要干道的南昆铁路,既是西南地区物流、人流、信息流等流动的重要载体,也是滇、黔、桂、粤经济借助南昆铁路更好地融入世界经济的重要途径。

"要想富,先修路。"一条南昆铁路,丰功至伟。

江泽民主席在百色视察时指出:

南昆铁路建设使百色地区发生了变化,比我6年前来时进步了,相信将来会越来越好。

2002年,在田阳火车站,壮族农民韦宁师又踏上了南昆铁路开往昆明的列车。5年来,正是这条呼啸奔腾的"钢铁巨龙"将千万个像韦宁师一样的壮族农民从贫困带向富裕。

和往常一样,韦宁师是去昆明洽谈冬菜生意、考察市场行情的。生意谈妥了,冬菜很快就运到了昆明。

这位农村经纪人说:"冬菜销往全国各地使我们脱贫致富,全靠了南昆铁路。"而在南昆铁路开通前,由于运输不畅,田阳县的冬菜大都烂在了地里。

5年前的今天,南昆铁路全线开通,从此田阳县这个中国有名的冬菜生产基地走上了富裕之路,每到秋冬季节,数以万吨的冬菜通过南昆铁路,源源不断地销往南宁、昆明、武汉、北京等地。

除了冬菜、杧果等农产品,西南地区丰富的磷矿、煤炭、铝土矿等物资,也通过南昆铁路输送到东南沿海地区及世界各地。

柳州铁路局郑耀明说,在正式运营的5年里,南昆铁路成为中国最繁忙的线路之一,运量每年递增30%,开行列车由16对提高到33对,发送货物2800多万吨。

郑耀明说:"南昆铁路已成为西南出海大通道的主要干道,西南地区物流、人流、信息流的重要载体,产生了巨大的经济效益和社会效益。"

南昆铁路这条"钢铁巨龙"在西南边疆少数民族聚居区崛起,被人们誉为"中国最大的扶贫项目"。

南昆铁路经过29个县市,大部分是国家重点扶贫县;人口约两千万,多数是壮、彝、布依等少数民族,尚未解决温饱问题。南昆铁路为这些地区带来了希望。5年来,沿线地区紧紧依托南昆铁路,发展"通道经济",带领各族群众走上了脱贫致富的"快车道"。

"要是没有南昆铁路,我们一个年轻的自治州,绝不会在这么短的时间里取得如此大的发展。"黔西南布依族苗族自治州副州长李月成对记者说。

记者在这个州的新兴城镇顶效看到,一条条水泥大道错落有致,一排排厂房高耸林立,一个个商贸区客商如织。而10年前,顶效还是一个人烟稀少的小镇。广西百色老区是中国最大的集中连片贫困区之一。在南昆铁路牵引下,百色提前两年实现了扶贫攻坚计划,贫困人口由233万人减少到19万人。

南昆铁路送走了矿产,带来了资金,更带来了人气。南昆铁路把广西、云南、贵州三个旅游大省联在一起,成为中国最具特色的旅游带,吸引了200多万中外游客。

一位长期跟踪南昆铁路报道的记者再走南昆铁路后感慨地说:

南昆铁路真的成了少数民族的幸福路。

南昆线采取扩能增效措施

物流如潮涌向铁路，南昆线刚一开通就出现运输能力吃紧。到1998年1月，日均积压在南昆线柳局管内车站的货物达376辆，高时达878辆。

从来没有哪条新建的铁路能像南昆铁路一样，立竿见影地将人们致富的愿望引爆，滚滚物流涌向铁路，南昆铁路从运营的第二年起就不得不扩能。

铁道部立即决定将开行的8对货车增至12对，旋即又增至16对，列车的牵引定数也由2050吨提高到2300吨，下行由2050吨提高到3900吨。

为了让沉睡的资源变成金，将外面的财富送到穷乡僻壤，柳州铁路局的领导班子成员对南昆铁路倾注了极大的热忱。局长罗叙德、党委书记邵力平每年都要多次深入南昆线，了解安全和运营情况，现场解决实际问题，确保南昆铁路的安全畅通。

从1998年起，柳州铁路局投下数亿元巨资，从三个方面对所辖南昆线进行大扩容：

一是投入2.3亿元进行部分变压器更换和牵引供电系统改造，使电网负荷扩容，增大供电能力。

二是将缓开的16个站提前建设并投入使用，使货物流量扩容。

三是投入1亿多元兴建了14个货场和电、煤配送中心和集装箱物流基地,使运输扩容。

因此,南昆线运量每年递增30%,运输能力也迈出了大步伐。2000年,运输能力超过初期设计能力的1000万吨,2001年达到1500万吨,2003达到了1870万吨,3年增长了87%。开行列车能力也由16对提高到33对。

扩能极大地缓解了西南出海通道的运能紧张状况,而且还能满足2005年最大客货运量增长的需要。

党中央西部大开发的重要决策,使占全国贫困人口30%的西南人民跟上全面建设小康社会的步伐指日可待。南昆铁路在开发中龙腾虎跃,没有辜负党和人民的重托和期望。

南昆铁路承载着党的重托和人民的期待,履行着让西部走向大海,使西部经济腾飞的使命。

据初步统计：5年里,南昆铁路发送货物2800多万吨,优质煤炭800万吨,使黑煤变成了乌金。这些煤炭大都运往广东、广西,而广西受惠也是最大的。因为这些资源很快转化为能源优势和经济优势。

5年来,沿线经济在南昆铁路的促进下高速运转,各地迅速打下了厚实的经济基础。

本书主要参考资料

《中国大决策纪实》黄也平主编 光明日报出版社
《共和国要事珍闻》郑毅 李冬梅 李梦主编
　　吉林文史出版社
《希望之路：南昆铁路建设工程纪实》周文斌
　　刘路沙主编 广西科学技术出版社